KB072573

GAME
BALL

게임볼

게임볼 3
설경구 장편소설

초판 1쇄 찍은 날 § 2016년 12월 5일
초판 1쇄 펴낸 날 § 2016년 12월 12일

지은이 § 설경구
펴낸이 § 서경석

편집책임 § 최지원

펴낸곳 § 도서출판 청어람
등록번호 § 제387-1999-000006호
등록일자 § 1999. 5. 31
어람번호 § 제1-2577호

주소 § 경기도 부천시 원미구 부일로 483번길 40 서경B/D 3F (우) 14640
전화 § 032-656-4452 팩스 § 032-656-4453
http://www.chungeoram.com
E-mail § chungeorambook@daum.net

ⓒ 설경구, 2016

ISBN 979-11-04-91075-3 04810
ISBN 979-11-04-91030-2 (세트)

GAME BALL

게임볼

설경구 장편소설
FUSION FANTASTIC STORY

③

Contents

GAME
게임볼 **BALL**

Chapter 1

　현재 한성 비글스 팀의 에이스 역할을 맡고 있는 유현식은 분명히 좋은 투수였다. 충분히 휴식을 취한 덕분인지 공에 힘이 제대로 실렸고 커브와 슬라이더의 각도도 아주 예리했다. 자신의 공에 대한 믿음이 있어서일까. 유현식은 독이 잔뜩 올라 있는 청우 로얄스의 타자들을 피하지 않고 과감하게 정면 승부를 펼쳤다. 그리고 과감하게 정면 승부를 펼친 결과는 나쁘지 않았다.

　그는 5회까지 피안타 두 개만 허용하며 청우 로얄스의 강타선을 무실점으로 막아냈다. 게다가 투구 수 관리도 효율적이어서 5회까지 고작 73개의 공만을 던졌다.

"시위라도 하는 건가?"

5회 수비에서 상대 타선을 가볍게 삼자범퇴로 돌려세우고 더그아웃을 향해 걸어오는 유현식의 시선은 무척 강렬했다. 그 강렬한 시선은 마치 이렇게 말하는 듯했다.

선발투수로서 6회까지는 충분히 책임질 수 있다.

하위권에 속해 있는 약팀이 아니라 강팀을 상대해서도 승리를 챙길 수 있다.

그리고 누가 뭐라고 해도 내가 바로 한성 비글스 팀의 에이스다.

"어쨌든 지난번보다는 좀 나아졌군."

우진이 피식 웃으며 유현식의 시선을 외면했다. 평소였다면 절대로 시선을 먼저 피해서 기싸움에서 밀리지 않으려 애썼겠지만, 오늘은 유현식을 상대하는 것보다 훨씬 중요한 일이 있었다.

한성 비글스 팀의 5회 말 공격은 1번 타자인 고동선부터 시작이었다. 타선이 두 바퀴째 돌고 세 번째로 이성현의 공을 상대하는 고동선은 공이 눈에 익은 듯 초구부터 과감하게 방망이를 휘둘렀다.

딱. 방망이 중심에 걸리지 않고 살짝 빗맞은 타구는 힘없이 유격수 앞으로 굴러갔다. 다른 타자였다면 평범한 내야 땅볼로 가볍게 처리됐겠지만, 1번 타자인 고동선은 발이 무척 빨랐다. 고동선의 발이 빠르다는 사실을 간파하고 있는 유격수 채승범은 내야 안타를 허용하지 않기 위해서 타구를 기다리지 않고 과감하게 앞으로 쇄도했다.

채승범의 판단은 정확했고, 까다로운 바운드를 일으키는 타구에도 당황하지 않는 글러브질 또한 유연하고 노련했다. 그리고 속도를 늦추지 않고 앞으로 달려 나가는 자세 그대로 글러브에서 공을 빼낸 후 송구하는 동작까지. 채승범의 수비는 마치 물이 흐르는 것처럼 자연스러웠다.

완벽한 아웃 타이밍.

고동선의 발이 아무리 빠르다고 해도 1루에서 세이프가 될 확률은 거의 없었다. 하지만 마지막 순간에 한 가지 변수가 발생했다.

송구 자세가 불안했던 탓일까? 채승범의 송구 방향이 좌측으로 기울었고, 1루수가 그 공을 잡기 위해서 움직이느라 베이스에 닿아 있던 발이 살짝 떨어졌다.

"아!"

관중석에서 아쉬운 탄성이 새어 나올 정도로 멋진 수비였지만, 송구가 조금 아쉬웠다. 1루심은 세이프를 선언했고, 기록은 채승범의 실책으로 남았다. 아쉬움이 가득한 표정을 짓고 있는 채승범의 일거수일투족을 살피던 우진이 깍지를 낀 손에 힘을 더하며 원정 팀 더그아웃 감독석에 앉아 있는 송연철을 바라보았다. 슬쩍 미간을 찡그리고 있는 송연철의 표정을 확인한 우진이 희미하게 웃으며 혼잣말을 꺼냈다.

"상품에 하자가 드러났습니다."

채승범의 실책으로 인해서 무사 1루 상황이 되자, 비교적 팽팽하게 흘러가던 경기의 분위기가 요동치기 시작했다. 1회에 백병우에게 투런 홈런을 얻어맞긴 했지만, 4회까지 호투를 이어가던 이성현은 이번 실책으로 갑자기 흔들리기 시작했다. 발이 빠른 1루 주자인 고동선의 리드폭은 컸고, 이성현은 고동선의 도루를 의식한 나머지 타자와의 승부에 제대로 집중하지 못했다. 그 결과 2번 타자 장기형이 볼넷을 골라 걸어 나가며 무사 1, 2루의 찬스가 찾아왔다.

2루 주자 고동선과 1루 주자 장기형은 모두 발이 빠른 주자들이었고, 이성현은 상대적으로 견제 능력이 떨어지는 편이었다. 그리고 주자들이 채워지며 이성현과 청우 로얄스의 수비진이 혼란스러운 틈을 놓치지 않고 우진은 과감하게 더블 스틸 작전을 지시했다.

부우웅. 최익성이 방망이를 크게 휘두른 순간, 2루 주자와 1루 주자가 동시에 스타트를 끊었다. 허를 찌른 과감한 더블 스틸 작전에 청우 로얄스의 수비진이 허둥대기 시작했다. 포수가 벌떡 일어나며 3루수에게 힘껏 공을 뿌렸다.

아슬아슬한 타이밍. 하지만 너무 서두른 탓에 송구가 높았다. 헤드 퍼스트 슬라이딩을 시도한 고동선의 손이 3루 베이스에 닿고 나서 한참 후에야 태그가 이뤄졌을 정도로 더블 스틸 작전은 완벽하게 성공했다.

우진의 과감한 작전이 성공한 덕분에 무사 1, 2루 상황이 무사 2, 3루 상황으로 바뀌었다. 이제 깊숙한 외야 플라이 하나만 쳐도 득점이 가능한 상황. 하지만 3번 타자 최익성은 유인구에 속아서 삼진을 당하며 공격의 맥을 끊어놓았다.

1사 2, 3루 상황에서 타석에는 4번 타자인 백병우가 들어섰다. 그리고 백병우가 타석에 들어선 순간, 마치 기다렸다는 듯이 포수가 벌떡 일어났다.

대기 타석에서 경기를 지켜보고 있던 장태준이 눈살을 찌푸렸다. 백병우가 타석에 들어서자마자, 포수가 벌떡 일어나는 것을 보고서 투수 교체가 이뤄진다고 판단했다. 하지만 그 예상은 보기 좋게 빗나갔다.

청우 로얄스 팀의 감독이나 투수 코치는 마운드에 올라오지 않았고, 이성현은 홈플레이트를 벗어난 포수를 향해서 높은 공을 던졌다.

'이게 무슨 상황이지?'

코앞에서 벌어지고 있는 상황임에도 처음에는 무슨 상황인지 제대로 이해가 가지 않았다. 이성현이 두 개째 공을 던지고 나서야 백병우를 고의 사구로 거르고 있다는 사실을 비로소 알아챌 수 있었다.

"지금 날… 무시하는 거야?"

장태준이 기가 막힌 표정을 지었다. 1사 2, 3루 상황에서 백병우를 고의 사구로 거른다는 것은 백병우를 피하고 자신과 상대하겠다는 노골적인 의사표시였다. 여태껏 단 한 번도 경험한 적 없었던 상황과 마주하니 어안이 벙벙할 지경이었다.

물론 최근 백병우의 타격감이 좋은 것은 인정해야 했다. 백병우는 지난 두 타석에서 홈런 하나와 안타를 기록한 반면, 장태준은 연거푸 삼진을 당했다. 하지만 그건 최근 선발 라인업에서 빠진 탓에 실전 감각이 조금 떨어졌기 때문이었다. 감히 한성 비글스 팀의 영원한 4번 타자인 자신을 무시하는 이 상황을 도저히 참을 수가 없었다. 그 사이, 백병우는 배트를 곱게 바닥에 내려두고 1루로 천천히 걸어나갔다.

1사 만루의 절호의 찬스에서 장태준에게 기회가 찾아왔다. 불쾌한 기분과 화를 꾹꾹 눌러 참으며 장태준이 타석으로 들어섰다.

장태준이 발로 홈플레이트를 고르며 청우 로얄스의 포수인 정윤수에게 말을 걸었다.

"제정신이야?"

정윤수와는 대학 동창 사이. 그래서 스스럼없이 묻자, 정윤수가 어깨를 으쓱하며 대꾸했다.

"무슨 소리야?"

"더위 먹은 거 아냐?"

"멀쩡해."

"멀쩡한 놈이 2군에서 올라온 지 얼마 되지도 않은 애송이한테 겁을 집어먹고 고의 사구로 걸러?"

장태준이 윽박질렀지만, 정윤수는 담담한 목소리로 대꾸했다.

"애송이가 아냐."

"애송이가 아니면?"

"무시무시한 4번 타자지. 너랑은 다르게."

"이 새끼가 진짜……."

"균형 감각, 손목 힘, 팔로스로우까지. 타격 기술 면에서는 거의 완벽해. 하지만 진짜 무서운 건 따로 있어.

타석에서의 집중력이 엄청나. 공 하나하나에 집중하는 거지."

"그건 당연한⋯⋯."

"당연한 게 아냐. 넌 대충 설렁설렁했잖아."

상대 팀 포수답게 정윤수가 먼저 도발했다. 뻔한 도발이라는 사실을 알면서도 화가 치미는 것은 어쩔 수 없었다.

"경기 안 할 거야?"

설전을 벌이는 와중에 주심이 끼어들어서 경기를 속개하라고 지시했지만, 장태준은 타석에 들어서지 않고 정윤수를 노려보며 쏘아붙였다.

"누가 설렁설렁한다는 거야? 이 새끼, 감히 날 만만하게 본 걸 땅을 치고 후회하게 만들어주지."

"할 수 있으면 해봐."

"뭐?"

"옛날엔 잘 나갔는지 몰라도 너 이제 한물갔어. 현실을 직시해. 넌 네가 애송이라고 한 저 녀석에게 밀린 거야."

"이 새끼가 진짜 입만 살아가지고."

"입만 산 건 너 아냐?"

만약 경기 도중만 아니었으면 멱살을 틀어쥐고 저 얄미운 면상에 주먹을 날렸을 텐데. 장태준이 죽일 듯한 시선으로 노려보고 있을 때, 다시 주심이 끼어들었다.

"뭣들 하는 거야? 계속 더 하면 퇴장시킬 거야."

주심이 늘어놓는 엄포를 듣고서 장태준이 타석에 들어섰다.

'내가 한물갔다고?'

기분이 더러웠다. 그리고 이 수모를 갚으려면, 이번 타석에서 자신의 능력을 보여주는 방법밖에 없었다.

'만루 홈런을 날려서 코를 납작하게 해주지.'

서서히 리드폭을 넓히고 있는 1루 주자 백병우를 쏘아본 장태준이 타격 자세를 취했다. 이성현은 청우 로얄스의 4선발로 구위가 뛰어난 투수가 아니었다. 충분히 홈런을 만들 수 있다는 자신감이 있었다.

'변화구는 버린다!'

장태준은 직구를 노렸다.

펙. 펙. 장타를 의식해서일까? 이성현이 초구와 2구 모두 바깥쪽 꽉 찬 슬라이더를 꽂아서 스트라이크를 잡아내는 동안, 장태준은 미동도 하지 않았다. 그리고 3구째에 마침내 기다리던 직구가 들어왔다.

한가운데로 밋밋하게 들어오는 직구는 분명히 실투였다.

'하나, 둘, 셋!'

마음속으로 숫자를 세며 타이밍을 재던 장태준이 지

체하지 않고 방망이를 힘껏 휘둘렀다.

타이밍은 완벽했고, 힘도 제대로 실렸다. 하지만 만루 홈런을 날리겠다고 각오를 다졌던 장태준의 표정은 곧 일그러졌다. 외야로 쭉쭉 뻗어나갈 거라고 기대했던 타구는 높이 솟구치기만 했을 뿐, 내야를 간신히 벗어나는 데 그쳤다.

'타이밍이 안 맞아!'

이성현이 던진 실투성 직구는 밋밋했고, 구속도 빠르지 않았다. 하지만 장태준의 방망이가 밀렸기 때문에 이런 결과가 나온 것이었다.

"빌어먹을!"

자존심이 상했다. 내야 뜬공으로 그치며 결국 1사 만루의 절호의 찬스를 살리는 데 실패했다. 다시 말해서, 백병우를 고의 사구로 거르고 자신을 선택한 청우 로얄스의 작전이 적중했다는 뜻이었다.

'왜 타이밍이 안 맞지?'

고개를 갸웃거리며 더그아웃으로 걸어 들어오던 장태준의 눈에 팔짱을 낀 채 감독석에 앉아 있는 노우진이 보였다. 그리고 희미하게 웃고 있는 노우진과 시선이 마주친 순간, 장태준은 타격의 타이밍이 맞지 않은 이유를 알 수 있었다.

"감독 때문이야!"

선수란 경기에 계속 나서야 감각을 유지할 수 있었다. 하지만 장태준은 최근 몇 경기에 특별한 이유도 없이 나서지 못했다. 감독인 노우진이 내린 이해할 수 없는 결정 탓에 경기 감각을 잃어버렸고, 이런 수모까지 겪게 됐다는 생각에 장태준은 더그아웃에 들어오자마자 방망이를 바닥에 내던졌다.

"이대로라면 완봉도 가능해!"

유현식은 5회까지 청우 로얄스의 타선을 상대하면서 사사구 두 개와 단타 2개만 허용한 채 무실점으로 막아냈다. 게다가 5회가 끝났을 때 투구 수도 70개 언저리에 불과했다. 자연스레 완봉에 대한 욕심이 생겨났다.

포수가 내민 미트에 공이 쏙쏙 박힐 정도로 제구가 잘됐고, 구속도 잘 나오는 편이었다.

속된 말로 긁히는 날. 올해 완봉은커녕 완투도 기록하지 못했던 만큼, 유현식은 오늘 찾아온 기회를 놓치고 싶지 않았다.

5회까지의 경기 스코어는 2 : 0. 1회에 터진 백병우의 투런 홈런 덕분에 2점 차로 앞서고 있었지만, 청우 로얄스의 타선은 언제든지 2점 정도는 뽑을 수 있는 힘을 가지고 있었다.

"우리 팀 불펜을 믿을 순 없지!"

유현식이 각오를 다지며 더그아웃으로 고개를 돌려서 감독인 노우진을 힐끗 살폈다. 지난 등판을 떠올리면 아직도 분이 풀리지 않았다.

　노우진의 갑작스러운 지시로 등판 일정이 앞당겨지는 바람에 4일 휴식 후 마운드에 올랐었다. 컨디션 조절에 실패한 상황에서 마운드에 올랐던 만큼 구위가 좋을 리 없었고, 투구 수는 자연스레 늘어났다. 그러나 노우진은 투구 수가 100개를 훌쩍 넘겼음에도 교체를 해주지 않았다. 부상을 당할지도 모른다는 걱정 때문에 애를 태운 것을 생각하면 지금도 아찔했다.

　'보란 듯이 완봉을 해주지! 그러려면 투구 수 조절이 필요해. 절대로 주자를 내보내면 안 돼.'

　유현식이 각오를 다지며 2번 타자부터 시작되는 청우 로얄스 타선을 상대하기 시작했다. 도망칠 생각이 없었기에 초구부터 과감하게 몸 쪽 승부를 펼쳤고 이에 타자도 적극적으로 방망이를 휘둘렀다.

　딱. 방망이 아래쪽에 맞은 타구가 바운드를 일으키며 투구를 마친 유현식의 곁을 지나쳤다. 유현식이 타구를 캐치하기 위해 글러브를 옆으로 내밀려다가 그만두고 팔을 거두어들였다. 타구의 궤적은 평범한 유격수 땅볼. 괜히 글러브를 내밀었다가 공을 잡는 데 실패하고 글러브 끝에 맞아 튕겨 나가기라도 하면 낭패라는 판단을 내렸기 때문이었다.

'됐어!'

재빨리 고개를 돌려서 타구를 살피던 유현식이 무난히 아웃 카운트를 늘릴 수 있다고 생각했을 때, 예상치 못한 일이 벌어졌다.

틱. 타구를 기다리고 있던 유격수의 바로 앞에서 불규칙 바운드가 일어나며 타구는 유격수의 글러브 안으로 들어가지 않고, 글러브를 착용한 유격수의 손목 부근을 강타하며 바닥에 떨어졌다.

당황한 유격수 장기형이 바닥에 떨어진 공을 주워 송구하기 위해 서둘렀지만, 너무 서두른 것이 오히려 독이 됐다. 장기형이 한 번에 공을 잡아서 송구하지 못하고 더듬는 사이, 타자는 이미 1루 베이스 근처에 다가가 있었다.

"젠장!"

결국 송구조차 해보지 못하고 실책을 저지른 장기형을 보던 유현식이 참지 못하고 욕설을 내뱉었다.

경기 중에 언제든지 발생할 수 있는 실책이었다. 하지만 참기 힘들 정도로 화가 치밀었다.

장기형이 당연히 처리해야 할 평범한 타구였다. 물론 마지막 순간에 불규칙 바운드가 일어나긴 했지만, 송구를 서두르다가 공을 더듬지만 않았어도 충분히 아웃을 잡아낼 수 있는 타이밍이었다.

"도움이 안 돼. 도움이!"

자신은 완봉이라는 뚜렷한 목표를 가진 채 혼신의 힘을 다해서 일 구 일 구를 뿌리고 있었다. 투구 수를 줄이려고 애쓰고 있는데 수비진은 도움을 주기는커녕, 오히려 발목을 잡고 있었다.

이번 실책으로 다시 아웃 카운트를 잡기 위해서는 몇 개의 공을 허비해야 했다.

그뿐인가? 1루에 있는 타자는 발이 빨랐다. 1루 주자의 도루를 막기 위해서 견제에 신경 쓰며 타자까지 상대하다 보면, 소모되는 심력도 몇 배에 달할 터였다.

'내 손으로 마무리해야 해!'

유현식이 마음을 다스리기 위해 애썼다. 어차피 수비진은 도움도 되지 않고, 믿을 수도 없는 상황이면, 남은 방법은 하나였다. 자신이 직접 해결해야 했다.

그런데 이상했다.

딱히 달라진 것은 없었다.

그런데 왜일까? 3번 타자를 맞아서 공을 손에서 놓는 순간의 감각이 미묘하게 달랐다. 공을 놓는 릴리스 포인트가 조금 뒤로 밀리는 느낌이 들었다. 그리고 그 미묘한 감각의 차이가 만들어낸 결과의 차이는 무척 컸다.

청우 로얄스의 3번 타자에게 유현식은 단 하나의 스트라이크도 던지지 못하고 볼 4개를 연거푸 던졌다.

스트레이트 볼넷.

스트라이크존에서 공이 크게 벗어나지는 않았다. 공 하나 정도의 차이로 스트라이크존을 벗어나는 바람에 스트라이크가 아니라 볼로 선언됐다.

'갑자기 왜 이래?'

유현식은 적잖이 당황했다. 지금까지는 마음만 먹으면 원하는 곳에 공을 넣을 수 있을 정도로 제구가 잘됐었다. 그런데 6회가 되자마자 갑자기 제구가 흔들리기 시작했다.

물론 아무런 이유도 없이 그냥 벌어지는 사건은 없었다. 지금까지 칼날처럼 날카롭게 스트라이크존 구석구석을 찌르던 유현식의 제구가 갑자기 흔들리기 시작한 이유는 부담감과 분노 조절 실패였다.

완봉을 위해서는 투구 수를 줄여야 한다는 부담감과 자신의 호투를 뒷받침해 주지 못하는 유격수 장기형을 비롯한 수비진에 대한 불만이 분노로 바뀐 탓에 자신도 모르는 사이 몸에 힘이 들어간 것이었다. 그리고 몸에 힘이 들어간 탓에 공을 놓는 릴리스 포인트가 늦어지며 뜻대로 제구가 되지 않는 것이었지만, 마운드에 서 있는 유현식은 알아채지 못했다.

'일시적인 현상일 거야. 금세 괜찮아지겠지.'

애써 표정 관리를 하며 유현식이 청우 로얄스의 4번 타자를 상대하기 위해 와인드업을 했다. 하지만 한 번 흔들리기 시작한 제구는 다시 원래대로 돌아오지 않았다. 오히려 더욱 심하게 흔들렸다.

3번 타자를 상대할 때만 해도 공 한 개 정도 차이로 스트라이크존에서 벗어났는데, 4번 타자인 원석현을 상대할 때는 아예 공을 손에서 놓는 순간 볼이라는 것을 확연히 알 수 있을 정도로 형편없이 제구가 흔들렸다.

스트레이트 볼넷. 3번 타자에 이어 4번 타자에게도 역시 스트레이트 볼넷을 허용하며 유현식은 무사 만루의 위기에 몰렸다. 마음먹은 대로 제구가 되지 않아 답답한 마음에 크게 한숨을 내쉴 때, 타석에는 5번 타자인 외국인 타자 엘리스가 들어섰다.

'아직 괜찮아. 구위는 나쁘지 않으니까 스트라이크만 던지면 돼!'

무사 만루가 되며 볼넷만 내줘도 실점을 허용하는 상황에 몰리자, 스트라이크를 던져야 한다는 강박관념이 심해졌다. 부담감으로 인해 무거워진 어깨의 힘을 가능한 최대로 뺀 채 유현식이 초구를 던졌다.

한가운데로 들어가는 직구를 던지고 싶었지만, 이번에도 릴리스 포인트가 늦었다. 그래서 높게 들어간 직구에 공격 성향이 강한 외국인 타자인 엘리스는 망설이지 않고 방망이를 휘둘렀다.

따악. 경쾌한 소리가 흘러나온 순간, 유현식이 허물어지듯 바닥에 주저앉았다. 한가운데로 던진 공은 높았고, 맞는 순간 펜스를 넘어갔다는 것을 직감했다.

만루 홈런. 뒤를 돌아볼 엄두도 나지 않았다. 최악의 상황에 직면하자 머릿속이 하얗게 변했다.

"아아!"

그런데 환호성이 터져 나오지 않았다. 환호성 대신 아쉬운 탄식 소리가 관중석에서 흘러나왔다. 그제야 이상함을 느끼고 고개를 돌린 유현식의 눈에 좌익수가 펜스에 기댄 채 타구를 잡아내는 것이 보였다.

만루 홈런이 아니었다. 1미터만 더 날아갔다면 만루 홈런이 됐겠지만, 비거리가 딱 1미터 모자라서 타구는 펜스 앞에서 잡혔다.

2 : 1

3루 주자가 태그 업을 해서 홈으로 들어와 첫 실점을 허용했다. 완봉이 날아갔지만, 아직 완투는 가능했다. 하지만 유현식은 엘리스를 상대한 이후, 자신감이 사라졌다. 언제든지 큰 것 한 방을 얻어맞을 수 있다는 생각이 들자, 정면 승부를 하는 것이 두려워졌다.

유인구로 상대하는 방법이 남아 있었지만, 그것도 제

구가 될 때 가능한 것이었다. 지금처럼 제구가 흔들리는 상황에서는 유인구로 타자의 방망이를 끌어내는 것도 불가능했다.

진퇴양난의 상황.

마치 태엽이 모두 풀려 버린 인형처럼 유현식은 몸에서 진이 모두 빠져 버렸다. 그로기 상태에 빠진 권투 선수가 수건을 던져달라고 애원하기 위해 코치를 찾듯이, 유현식은 더그아웃으로 고개를 돌렸다.

"제가 생각하는 선발투수는 최소 6이닝을 책임져야 합니다. 그래서 유현식 선수를 6회에도 마운드에 올렸던 겁니다. 투수는… 기계가 아닙니다. 몇 개를 던지는가는 정신력입니다."

신임 감독인 노우진과 시선이 부딪힌 순간, 그가 기자들과 인터뷰했던 내용이 떠올랐다. 노우진은 고집을 부렸고, 유현식은 그 고집 때문에 더욱 반발심이 치밀었다. 그래서 오늘 경기에서 보란 듯이 완봉을 하고 싶었는데. 결국 6회를 채우지 못하고 다시 그로기 상태에 빠져 버렸다.

'빌어먹을!'

자존심이 상했다. 그리고 이번에도 교체 따위는 지시

하지 않을 노우진을 원망하는 마음이 생겼을 때였다.

"타임!"

팔짱을 낀 채 감독석에 앉아 있던 노우진이 벌떡 일어나 마운드로 다가왔다. 그리고 공을 건네라며 앞으로 손을 내밀었다.

"잘 던졌다."

유현식에게서 공을 건네받은 우진이 말했다. 전혀 예상하지 못했던 칭찬이라는 표정을 짓고 있던 유현식이 물었다.

"정말 교체입니까?"

"그래."

"하지만 6이닝을 채우지 못했는데……."

"알아. 대신 다음 등판에는 6이닝을 채워."

"네? 네!"

"승리투수 요건은 갖췄으니까 이제 불펜을 믿고 지켜봐."

고개를 끄덕인 후 마운드에서 내려가는 유현식의 등을 향해 우진이 소리쳤다.

"6회에 갑자기 왜 흔들린 줄 알아?"

"……?"

"야구를 혼자 하려고 해서 그래. 완봉승은 투수 혼자

서 거두는 게 아냐."

가타부타 대답 없이 유현식은 그대로 마운드를 걸어 내려갔다.

'말뜻을 알아들었을까?'

유현식의 속내까지 알 도리는 없었다. 그리고 감독이 할 수 있는 역할을 여기까지였다. 잘못된 점을 지적해 주는 충고는 할 수 있었지만, 그 충고를 받아들여서 한 걸음 더 발전하는가는 경기를 직접 뛰는 선수에게 달려 있었다.

하이 파이브를 나누며 더그아웃으로 들어가는 유현식에게서 시선을 뗀 우진이 마운드로 걸어 올라오는 안태영을 바라보았다. 기대와 두려움이 반씩 섞인 표정을 짓고 있는 안태영의 얼굴은 잔뜩 상기되어 있었다.

'얼었군!'

이지승과 상의한 끝에 2군에서 2명의 투수를 불러 올렸다. 그리고 안태영은 그 2명의 투수 가운데 1명이었다.

우진이 유현식에게서 건네받은 공을 앞으로 내밀었다. 하지만 안태영은 그 공을 건네받을 생각도 하지 못할 정도로 긴장하고 있었다.

"공 안 받아?"

"네? 아, 네!"

자신의 실수를 깨닫고 멋쩍게 웃는 안태영에게 우진이 물었다.

"1군 마운드에 오른 게 얼마 만이야?"

"1년 가까이 됐습니다."

"오랜만이네."

1년은 무척 긴 시간이었다.

그동안 관중들이 거의 없는 2군에서만 던지다가, 1군 마운드에 올랐으니 낯설고 떨리는 것이 당연했다. 그리고 힘들고 기약 없는 2군 생활을 꾹 참고 버텨낸 것이 대견한 반면, 미안한 마음이 들기도 했다.

"이게 기회란 건 말 안 해도 잘 알고 있지?"

"네. 잘 알고 있습니다, 감독님!"

"응?"

"좋은 기회를 주셔서 감사합니다."

"잘해. 지켜보는 눈이 많으니까."

"네, 알겠습니다."

안태영이 다부진 각오를 밝혔지만, 우진은 여전히 마음이 놓이지 않았다. 배짱 하나만큼은 누구보다 두둑하던 윤경만도 막상 1군 무대의 마운드에 오르자마자 주눅이 들어서 제대로 공을 못 던지지 않았던가? 그래서 우진이 덧붙였다.

"경만이 던지는 거, 봤지?"

"네, 봤습니다."

"어땠어?"

"잘 던지던데요."

"그래, 잘 던졌지. 그런데 드래프트 순위는 네가 경만이보다 훨씬 높았지?"

"네."

"경만이처럼만 던져."

"더 잘 던질 수 있습니다. 아니, 더 잘 던지겠습니다."

자존심이 상해서일까? 거칠게 숨을 내쉬고 있는 안태영의 어깨를 두드려 준 후, 우진이 마운드를 내려왔다.

안태영은 2009년 드래프트를 통해서 한성 비글스 팀의 유니폼을 입었다. 당시 안태영은 1차 지명 3순위로 지명됐고, 유현식과 함께 장차 한성 비글스 팀의 에이스 역할을 나눠 맡을 거라는 기대를 한 몸에 받았다. 반면 윤경만은 2010년 드래프트에서 3차 지명 순서에서야 한성 비글스 팀에 지목됐다. 하지만 지금은 정반대의 상황이 됐다.

지난 경기에서 깜짝 선발로 나서서 우송 선더스의 강타선을 6회까지 단 1실점으로 틀어막고 승리투수가 된 윤경만은 세간의 주목을 끌며 한성 비글스 팀의 무너진 선발 한 축을 맡아줄 기대주가 되었다. 반면에 안태영은 지금까지도 여전히 미완의 대기라는 평가를 받고 있었다.

"자극이 되고도 남겠지!"

마운드에서 투지를 불태우고 있는 안태영의 모습을 확인한 우진이 희미하게 웃었다. 선수들의 투지를 불러 일으키는 데 경쟁만큼 좋은 촉매제는 없었다. 그리고 우진의 의도대로 안태영은 두려워하지 않고 자신의 공을 뿌리기 시작했다.

슈아악!

안태영이 뿌린 직구가 바깥쪽 꽉 찬 코스로 들어갔다. 149㎞를 찍은 빠른 직구는 청우 로얄스의 6번 타자를 놀라게 만들기에 충분했다. 2구 역시 149㎞의 직구를 던졌고, 타자의 방망이가 밀리며 홈플레이트 뒤편 관중석으로 들어가는 파울 타구가 됐다.

노 볼, 투 스트라이크.

유인구를 던질 타이밍이었지만, 안태영은 다시 가장 자신 있는 직구를 뿌렸다.

부우웅.

예상과 달리 유인구가 아닌 직구 승부가 들어오자, 당황한 타자가 휘두른 방망이는 타이밍이 늦었다. 아니, 처음부터 직구를 노렸다고 해도 아마 타이밍이 한참 늦었을 것이라는 생각이 들었다. 그 정도로 공의 구속이 빨랐다. 청우 로얄스의 6번 타자를 삼진으로 돌려세운 안태영의 3구가 기록한 구속은 무려 151㎞였다.

"와아!"

파이어볼러 투수.

불같은 강속구를 던지는 투수는 매력이 있는 법이었다. 전광판에 찍힌 151㎞라는 구속을 확인한 관중들이 환호성을 내지르기 시작했다.

그 환호성을 들은 걸까? 첫 타자를 삼진으로 잡고 나서 모자를 벗고 이마의 땀을 닦던 안태영이 표정이 상기된 것이 보였다.

'위험해!'

2사 1, 2루 상황에 7번 타자인 서재덕이 타석에 들어선 순간, 우진의 표정이 살짝 굳어졌다. 불같은 강속구를 던지는 투수는 분명히 매력적이었지만, 가장 큰 문제는 제구력이었다. 자신의 공에 대해서 과신이 생기는 순간, 제구가 흔들리며 실투를 던지게 마련이었다.

시즌 타율 0.236을 기록하고 있는 서재덕은 정교한 타격을 하는 타자는 아니었다. 하지만 수 싸움에 능하고 힘이 좋아서 한 방이 있는 타자였다. 그리고 경험이 풍부한 만큼, 안태영의 심리 상태를 확실히 파악하고 있었다.

'직구를 노리고 있어!'

잔뜩 웅크리고 있는 서재덕의 타격 자세를 확인한 우

진이 혀를 내밀어 바싹 마른 입술을 핥았다. 물론 타자가 직구를 노리는 상황에 원하던 직구가 들어온다고 해서, 무조건 안타나 홈런으로 이어지지는 않았다. 몸 쪽이나 바깥쪽으로 완벽하게 제구만 된다면, 150㎞대의 강속구를 제대로 받아치는 것은 결코 쉬운 일이 아니었다. 하지만 문제는 공이 가운데로 몰렸을 때였다.

아무리 빠른 공이라고 하더라도, 가운데로 몰리는 실투가 되면 안타나 홈런을 맞는 법이었다. 메이저리그에서 무려 160㎞가 넘는 불같은 강속구를 던지는 선수들이 홈런을 가끔씩 허용하는 것이 그 증거였다.

우진의 걱정은 기우로 끝나지 않았다. 포수는 커브를 요구했지만, 마운드에 선 안태영이 고개를 흔들었다. 안태영은 가장 자신 있는 공인 직구를 고집했고, 결국 포수는 바깥쪽 꽉 찬 직구를 요구했다.

'아까 환호성이 독이 됐어!'

우진이 미간을 찡그렸다. 아까 관중들의 환호성은 더 빠른 공을 던져야겠다는 욕심을 부추겼고, 결과적으로 안태영의 어깨에 잔뜩 힘이 들어가게 만들었다. 어깨에 힘이 들어가자 구속은 오히려 떨어졌고, 제구도 되지 않아 공은 한가운데로 몰렸다.

명백한 실투!

따악! 경험이 풍부한 서재덕이 이 실투를 놓칠 리가

없었다. 서재덕의 방망이는 매섭게 돌아갔고, 타구는 외야 쪽으로 쭉쭉 뻗어나갔다. 홈런임을 직감하면서도 우진이 타구에서 시선을 떼지 못하고 있을 때, 우익수인 송일국이 무서운 속도로 타구를 쫓아가기 시작했다.

'잡기는 힘들 것 같은데.'

우진이 판단을 내렸을 때, 송일국은 어느새 타구를 쫓아 펜스 앞까지 다다라 있었다. 그리고 정확한 타이밍에 뛰어올라 펜스를 넘어가는 서재덕이 친 타구를 기가 막히게 낚아챘다.

부상을 두려워하지 않는 놀라운 호수비!

송일국의 넓은 수비 범위는 물론이고, 빠른 타구 판단력과 집중력이 있었기에 가능했던 호수비였다.

호수비 탓에 홈런을 도둑맞은 서재덕이 1루 베이스를 돌았다가 멈춰 서서 탄식을 내뱉는 모습이 보였다.

우진이 감독석에서 일어서서 묵묵히 더그아웃으로 뛰어 들어오고 있는 송일국에게 박수를 보냈다.

"잘했어!"

"수비라도 잘해야죠."

송일국은 대수롭지 않게 대꾸했지만 이번 수비의 역할은 정말 컸다. 송일국이 타석에 나서서 홈런을 치는 것보다, 이번 수비가 훨씬 더 영양가가 있었다.

"이번 수비가 팀을 구했어!"

우진이 다시 칭찬했지만, 송일국의 표정은 밝아지지 않았다. 마지못해 씁쓸한 웃음을 짓고 있는 송일국을 확인한 우진이 짤막한 한숨을 내쉬었다. 지금 송일국이 하고 있는 고민이 무엇인지 짐작이 갔기 때문이었다.

　송일국은 백병우와 함께 2군에서 1군으로 올라왔다. 1군에 올라온 후 송일국의 기록은 13타수 2안타.

　1군에 올라오자마자 4번 타자를 꿰찬 백병우가 극심한 타격 부진을 겪을 때만 해도 송일국의 타격 부진은 가려졌다. 하지만 백병우가 타격감을 회복하며 맹활약을 시작하자, 함께 1군으로 올라온 송일국의 타격 부진이 드러나기 시작했다.

　물론 송일국은 비록 타석에서는 부진했지만, 수비에서는 큰 역할을 해주었다. 하지만 문제는 수비란 아무리 열심히 해도 눈에 잘 띄지 않는다는 점이었다.

　반쪽짜리 선수!

　수비는 잘하지만 타석에서는 부진한 수비 전문 선수라는 타이틀이 자신의 이름 앞에 붙는 것을 송일국은 걱정하고 있었다. 그리고 반쪽짜리 선수로 낙인찍혀서 다시 기약 없는 2군 생활을 하게 될 것을 두려워하고 있었다.

　'어떻게 해야 할까?'

　가장 좋은 것은 송일국이 스스로 부진에서 탈출해서

타석에서도 잘할 수 있다는 것을 성적으로 증명하는 것이었다. 하지만 그게 쉽지 않기 때문에 항상 문제가 되는 법이다.

호수비를 펼치고 난 후임에도 불구하고 기가 죽은 채 더그아웃에 앉아 있는 송일국을 힐끗 살핀 우진이 한숨을 내쉬었다.

수비가 좋은 선수를 싫어하는 감독은 없었다. 하지만 수비만 좋은 선수라면 문제가 달라진다. 감독은 공정해야 하고, 또 냉정해야 하는 법. 송일국 때문에 수비도 좋고, 공격까지 좋은 선수를 외면할 수는 없는 법이었다. 하지만 기가 죽어 있는 송일국을 보고 있자니, 안쓰러운 마음이 드는 것은 어쩔 수 없었다.

새로운 골칫거리가 생겼지만, 어쨌든 송일국이 보여준 호수비가 경기에 끼친 영향은 엄청나게 컸다. 하마터면 자신감을 잃고 흔들릴 뻔했던 안태영은 빠르게 안정을 찾았고, 덕분에 150㎞대에 육박하는 강속구를 앞세워서 8회까지 청우 로얄스 타선을 완벽하게 틀어막았다. 그리고 안태영의 호투가 발판이 되어 8회 말에 한성 비글스 팀에 다시 기회가 찾아왔다.

청우 로얄스의 선발투수인 이성현은 7회까지 2실점으로 틀어막아 제 역할을 충분히 한 후에 마운드에서 내려갔다. 그리고 선발투수가 내려가자마자, 청우 로얄스는 바로 약점을 드러냈다.

8회 말, 이성현의 뒤를 이어서 마운드를 이어받은 것은 정석일이었다. 청우 로얄스가 보유한 불펜의 필승 조 가운데 한 명이었고, 지난 시즌에 홀드 부문 5위에 올랐을 정도로 맹활약을 펼쳤었다. 그러나 올 시즌은 달랐다.

서른다섯. 정석일은 야구 선수로서는 이미 황혼기에 접어들었다고 해도 과언이 아닐 정도로 나이가 들었다. 언더핸드스로 투수답게 다양한 변화구와 싱커를 주무기로 삼고 있었지만, 변화구와 싱커가 타자를 속이는 효과를 내기 위해서는 직구가 바탕에 깔려 있어야 했다.

작년까지는 체력 관리를 잘한 덕분에 정석일의 직구 구속은 130㎞대 후반을 유지했다. 게다가 볼 끝에도 위력이 있었다. 하지만 올해는 직구의 위력이 현저히 떨어졌다. 구속도 약 10㎞ 정도 떨어져서 130㎞대 언저리에서 형성됐고, 직구가 위력을 발휘하지 못하자 변화구와 싱커까지 공략당하고 있었다.

굳이 길게 설명할 필요도 없었다. 작년 시즌 2.78의 방어율이 올 시즌 5.12로 치솟은 것이 정석일의 올 시즌 부진을 설명하고 있었다.

이미 전성기를 지난데다가, 지난 대승 원더스와의 3연

전에 모두 등판하며 체력이 바닥난 정석일이 요즘 한창 타격감이 상승세인 백병우를 넘는 것은 무리였다. 아니나 다를까. 백병우는 정석일의 싱커를 걷어 올려 중견수 앞에 뚝 떨어지는 안타를 만들어냈다.

무사 1루. 정석일이 첫 타자인 백병우에게 안타를 얻어맞고 출루를 허용하자, 청우 로얄스의 감독인 송연철의 표정이 일그러지는 것이 보였다.

"곤혹스럽겠군!"

청우 로얄스는 불펜의 필승 조와 추격 조가 모두 무너진 상황이었다. 최근 청우 로얄스가 고비를 넘지 못하고 무너진 이유도 불펜진의 부진에 있었고, 지금 그 약점을 고스란히 노출하고 있었다.

"하지만 우리도 골칫거리를 안고 있습니다."

송연철을 바라보던 우진이 타석에 들어서고 있는 장태준을 살폈다.

청우 로얄스의 골칫거리가 무너진 불펜이라면, 한성 비글스에도 골칫거리는 존재했다. 아니, 현재 성적만 봐도 알 수 있듯이 해결해야 할 골칫거리들이 한두 가지가 아니었다.

그중에서도 가장 큰 골칫거리 중 하나가 바로 장태준이었다.

3타수 무안타. 오랜만에 지명 타자로 출전했지만, 장

태준은 안타를 만들어내지 못하고 부진했다. 그리고 우진이 판단하기에 장태준이 부진의 늪을 빠져나오는 것은 쉽지 않아 보였다. 어떤 계기를 마련하지 못한다면 계속 부진하리라.

지금의 장태준에게 안타를 기대하는 것은 무리였다. 그래서 우진은 히트 앤 런(Hit & Run), 즉 치고 달리기 작전을 지시했다. 발이 느린 장태준이 병살타를 치는 것을 막기 위한 고육지책이었다.

싱커를 던지다가 백병우에게 안타를 얻어맞은 정석일은 초구에 직구를 던졌다.

밋밋한 직구는 가운데로 몰린 실투였고, 장태준은 힘껏 방망이를 돌렸다. 제대로 걸리기만 하면 장타로 이어졌을 명백한 실투였지만, 장태준이 친 타구는 1루 측 관중석으로 날아 들어갔다.

"한심할 정도군!"

전광판에 찍힌 구속이 132㎞라는 것을 확인한 우진이 참지 못하고 한숨을 내쉬었다.

구속도 빠르지 않았고, 체력이 떨어진 터라 볼 끝에 힘이 제대로 실리지 않은 직구임에도 불구하고, 장태준의 방망이는 밀렸다.

이게 의미하는 것은 하나. 장태준의 배트 스피드가 현저하게 떨어져 있다는 것이었다. 그러나 장태준은 자신의 문제가 무엇인지 알지 못하고 있는 것 같았다.

고개를 갸웃거린 장태준이 다시 타석에 들어섰다. 정석일이 던진 2구는 몸 쪽 싱커. 직구라고 판단하고 방망이를 휘두르던 장태준의 방망이가 도중에 멈칫했다.

툭! 방망이 끝에 용케 걸리긴 했지만, 잘 맞은 타구는 아니었다. 타구는 유격수 앞으로 데굴데굴 굴러갔다.

평소라면 충분히 병살로 이어질 만한 타구였지만, 우진이 히트 앤 런 작전을 펼친 것이 주효했다.

빠르게 스타트를 끊은 백병우는 유격수가 공을 포구할 때, 이미 2루 베이스 근처에 다다라 있었다. 백병우를 2루에서 아웃시키는 것을 포기한 채승범이 타자 주자를 잡기 위해 1루로 송구했다. 그리고 그때, 누구도 예상치 못했던 변수가 발생했다.

110㎏이 넘는 거구인 장태준은 발이 느린 편이었다. 느긋하게 송구해도 아웃시키기에 충분했지만 채승범은 마치 뭔가에 쫓기는 사람처럼 서둘렀고, 그 결과는 악송구로 이어졌다. 1루수가 공을 잡기 위해 점프했지만, 한참 높이 들어온 송구를 잡는 것은 무리였다.

"스티브 블래스 증후군이었어."

채승범의 악송구가 발생하자, 백병우와 장태준은 빠르게 베이스를 돌아 한 루씩을 더 진루했다.

하지만 우진은 그들의 주루 플레이를 살피는 대신, 악송구를 던지고 망연자실한 표정을 짓고 있는 채승범에게 시선을 고정했다.

Chapter 2

스티브 블래스 증후군(Steve Blass Syndrom)은 1971년 메이저리그 구단인 피츠버그 파이어리츠의 월드 시리즈 우승을 이끈 오른손 투수인 스티븐 블래스에게서 유례한 용어다.

1968년부터 5년 연속 10승 이상을 거두었고, 1972년에 무려 19승을 거둔 최고의 투수였던 스티브 블래스는 1973년이 되자, 갑자기 제구에 난조를 보이며 스트라이크를 던지지 못하게 됐다.

그 시즌에 88이닝 동안 무려 84개의 볼넷을 허용하며 고작 3승을 거두는 데 그쳤고, 1974년에 5이닝 동안 7개의 볼넷을 허용한 후 방출되어 결국 은퇴를 하고 말았다. 그리고 스티브 블래스만이 아니었다.

155㎞에 육박하는 강속구를 뿌리며 2000년에 혜성처럼 등장해서 11승을 거두었던 세인트루이스 카디널스의 투수 릭 엔키엘 역시 스티브 블래스 증후군에 시달리면서, 내셔널리그 디비전시리즈 1차전에서 메이저리그 역대 최다인 1이닝 5개의 폭투를 기록하며 강판당하고 말았다.

쉽게 말해, 스티브 블래스 증후군은 투수가 스트라이크를 던지지 못하는 등 제구에 갑작스러운 난조를 겪는 현상을 말하는 용어였다. 대부분 투수에게 발생하는 증후군이었지만, 드물게 야수에게도 발생했다.

우진이 보기에 특별한 부상이 없는 채승범이 경쟁에서 밀리며 유격수 자리를 후배인 정진호에게 내준 원인은 스티브 블래스 증후군 때문임이 틀림없었다.

"하자의 원인은 찾았군!"

우진이 희미하게 웃으며 경기 상황을 살폈다. 원래는 1사 2루가 됐어야 할 상황이 채승범의 악송구로 인해서 무사 2, 3루 상황으로 바뀌었다. 실책을 저지른 채승범은 자신감을 상실한 채 고개를 푹 숙이고 있었고, 송연철의 표정도 잔뜩 일그러져 있었다. 그리고 송연철의 인내심이 마침내 바닥을 드러냈다.

송연철은 곧바로 채승범의 교체를 지시했다. 그러나 너무 늦은 교체였다. 채승범의 실책은 팽팽하게 이어지고 있던 경기 분위기를 바꿔놓기에 충분했고, 가뜩이나 흔들리던 정석일은 6번 타자인 강우규에게 안타를 허용하며 결국 무너졌다.

4 : 1

1점 차의 팽팽한 승부는 한성 비글스 팀의 8회 말 공격이 끝났을 때, 3점 차로 벌어졌다. 그리고 그것으로 경기의 승패는 결정이 났다. 9회에 마운드에 오른 마무리 투수 김전우는 청우 로얄스 타선을 삼자범퇴로 가볍게 처리하고 경기를 마무리했다.

우진의 입가에 미소가 떠오른 반면, 송연철의 표정은 잔뜩 일그러져 있었다. 끝이 보이지 않는 연패의 늪을 벗어난 후 3연승을 기록한 승장과 가장 중요한 시기에 4연패에 빠진 패장의 표정이 상반되는 것은 당연했다. 하지만 꼭 오늘 경기의 결과 때문만은 아니었다.

오늘 경기는 일종의 흥정 과정이었다. 그리고 그 흥정에서 상품에 하자가 드러난 탓에 손해를 본 것은 송연철이었다.

"잘하면 예상했던 것보다 더 많은 것을 얻을 수도 있겠어!"

우진이 만족스레 웃으며 더그아웃을 빠져나갔다.

경기가 끝났다. 관중들이 들어차 있던 관중석은 썰렁해졌고, 선수들이 내뿜는 열기로 인해 뜨겁게 달궈졌던 더그아웃도 차갑게 식었다.

팀의 고참 선수들은 대부분 빠져나갔고, 아직 어린 신인 선수들만 몇몇 남아서 뒷정리를 하고 있었다. 그리고 아직 더그아웃을 떠나지 못한 채승범이 양손으로 머리를 감싸 쥐었다.

"답답해 미치겠네!"

오래간만에 선발로 출전할 거라는 소식을 전해 들었을 때, 기쁜 마음과 걱정되는 마음이 반반이었다. 아니, 육 대 사 정도로 기쁜 마음이 더 컸다. 그리고 3루수가 아니라 유격수로 출전한다는 소식을 들은 뒤에는 칠 대 삼으로 기쁜 마음이 더욱 커졌다.

어쩌면 이게 마지막 기회일지도 모른다는 생각이 퍼뜩 들었다. 그래서 다부지게 각오를 다지며 경기를 준비했다.

그 덕분이었을까? 컨디션은 최상이라고 해도 과언이 아닐 정도로 좋았고, 몸도 가벼웠다.

"골든 글러브 3회 수상자의 진짜 수비를 보여주마!"

수비를 위해서 그라운드로 천천히 걸어나가면서 자신을 밀어내고 주전 유격수 자리를 꿰찬 정진호를 힐끗 살피며 다시 한 번 각오를 다졌다.

시작은 나쁘지 않았다. 투수 곁을 빠르게 스치고 지나가는 중전 안타성 타구를 잡기 위해 빠르게 움직였다. 슬라이딩을 하는 타이밍은 완벽했고, 쭉 뻗은 글러브 속으로 공이 들어온 순간에는 짜릿한 쾌감이 전해졌다. 그리고 원 스텝을 밟으며 송구하면 너무 늦다는 판단을 내리며 벌떡 일어났다.

강견이라는 소문이 났을 정도로 어깨 하나만큼은 자신이 있었다. 유격수로서 골든 글러브를 3회나 수상한 데에는 이 강한 어깨의 역할이 컸다. 노스텝으로 송구를 하려던 채승범이 순간 멈칫했다.

'또 빗나가면 어쩌지?'

불쑥 머릿속으로 파고든 생각이 채승범을 주저하게 만들었다. 그 탓에 송구가 한 박자 느려졌고, 타자는 간발의 차로 세이프가 선언됐다.

관중들이 아쉬운 탄성을 내뱉었지만, 채승범의 안색은 어두워졌다. 1루로 던진 송구는 한 박자 타이밍이 늦었을 뿐만 아니라, 자신이 의도한 곳으로 향하지 않았다. 1루수가 팔을 쭉 뻗어야만 잡을 수 있을 정도로 왼쪽으로 방향이 기울었다. 그나마 첫 번째 송구는 나은 편이었다.

경기가 진행되면서, 채승범이 던진 송구는 점점 더 엉

망으로 변했다. 결국 1점 차의 팽팽한 승부의 추를 기울게 만드는 악송구까지 던진 후, 경기 도중에 교체되는 수모까지 겪었다.

"대체 어디서부터 잘못된 거지?"

머리를 쥐어뜯으며 고민해 봤지만, 답을 찾기 어려웠다. 정확하게 기억이 나진 않지만, 어느 날 멀쩡하게 자고 일어나서 여느 날과 다름없이 경기에 나섰다가 악송구를 던지기 시작했다. 한 경기만 그렇겠지 하고 대수롭지 않게 여기고 넘겼는데, 그날 이후 악송구를 던지는 빈도가 점점 늘어났다. 그 악송구 탓에 호시탐탐 자신의 자리를 넘보고 있던 유망주 정진호에게 주전 유격수 자리를 빼앗기고 말았다.

그 후로 채승범은 햄스트링 부상이라는 거짓 보도를 언론에 흘려놓고서, 더그아웃에 앉아서 정진호가 활약하는 모습을 지켜볼 수밖에 없었다. 그리고 정진호는 기회를 놓치지 않고 맹활약을 펼치기 시작했다. 정진호는 주위의 우려를 불식시키고도 남을 정도로 안정된 수비와 빼어난 타격을 뽐냈고, 그로 인해서 청우 로얄스 팀의 주전 유격수 채승범이라는 이름은 사람들의 기억 속에서 점점 희미해져 갔다. 더그아웃에 앉아서 아무것도 하지 못한 채 자신이 서서히 잊혀져 간다는 사실이 채승범을 더욱 초조하게 만들었다.

물론 아무것도 하지 않은 것은 아니었다. 심리적인 부분에 문제가 생겼다는 사실을 알고 있었기에, 구단과 협의하에 신경정신과를 찾아가서 상담을 받기도 했고, 감독님과 상의해서 수비 부담이 적은 3루수로 뛰어보기도 했다. 그러나 백약이 무효였다. 아무리 애를 써도 나아질 기미는 보이지 않고 상황은 더욱 악화되기만 했다.

"차라리 진짜 부상을 입는 게 나았을 텐데!"

인대가 끊어지거나 근육이 파열되는 부상이라면 수술을 받고 재활을 거치면 다시 예전처럼 경기에 나서서 활약할 수 있었다. 그러나 스티브 블래스 증후군은 희망 고문이나 다름없었다. 곧 나아질 거라는 희망은 점차 절망으로 바뀌어갔고, 더 이상은 희망이 보이지 않았다.

"이대로 끝나는 건가?"

서른넷. 야구 선수로서 서서히 황혼기에 접어드는 나이인 것은 사실이었다. 그러나 웨이트트레이닝과 개인훈련을 충실히 했기에, 체력만큼은 자신이 있었다. 마흔 살까지는 충분히 현역으로 뛸 수 있다고 생각했는데.

이렇게 그라운드와 작별해야 한다는 것이 너무 아쉬웠다. 그렇게 양손으로 마른세수를 하고 있을 때, 누군가 곁으로 다가왔다.

"감독님!"

진즉에 더그아웃을 빠져나갔던 송연철의 모습이 보였다. 채승범이 의외라는 시선을 던지자, 송연철이 희미하게 웃으며 입을 뗐다.

"승범아!"

"네."

"이제 우리 팀에는 네 자리가 없다."

"설마 방출… 통보입니까?"

언젠가 자신에게 닥칠 수도 있다고 생각했던 일이었다. 그렇지만 너무 갑작스러웠다. 그래서 채승범의 눈동자가 중심을 잡지 못하고 흔들릴 때, 송연철이 가볍게 어깨를 두드리며 덧붙였다.

"만약 널 필요로 하는 팀이 있다면 어쩔 테냐?"

"저를… 요?"

"그래."

방출이 아니라, 트레이드였다. 최악의 경우는 벗어났지만, 채승범은 선뜻 대답을 꺼내지 못하고 망설였다.

'청우 로얄스를 떠난다?'

대학을 졸업하면서 청우 로얄스의 지명을 받은 후, 약 10년 가까이 청우 로얄스 선수로만 뛰었다. 그래서 청우 로얄스 팀을 떠나 다른 팀으로 이적하는 것은 생각해 본 적도 없었다. 그래서 그것은 방출 통보 못지않게 충격으로 다가왔다.

"저는… 저는……."

말문이 막힌 탓에 대답을 미루고 있자, 송연철이 먼저 입을 열었다.

"두 가지 길이 있다."

"두 가지… 요?"

"서운하겠지만, 팀은 네가 예전으로 돌아오길 언제까지나 기다려 줄 수는 없다. 그리고 설령 네가 다시 돌아온다고 하더라도 우리 팀에는 네 자리가 없다. 진호도 잘해주고 있고, 인섭이도 백업 유격수로서 제 몫을 해주고 있으니까."

"정진호, 그 녀석보다는 제가 훨씬 낫습니다."

반발심이 불쑥 치밀어서 이렇게 소리치고 싶었지만, 채승범은 끝내 입을 다물었다. 아직 송연철의 이야기가 끝나지 않았다는 것을 알았기 때문이었다.

"첫 번째 길은 은퇴를 하고 코치 수업을 받는 거다. 구단과 상의해서 코치 수업을 받을 수 있도록 해주마. 너도 청우 로얄스 팀을 위해서 헌신했으니 그 정도 대접은 받을 자격이 충분하지. 게다가 네 경험은 귀한 자산이 될 테니까. 그리고 두 번째 길은 널 원하는 다른 팀으로 옮기는 것이다."

현역 은퇴와 트레이드를 받아들여 현역 생활을 연장하는 것. 채승범은 자신의 야구 인생에서 가장 중요한 갈림길이 찾아왔다는 것을 직감했다.

마음 같아서는 현역 생활을 연장할 수 있는 트레이드라는 카드를 냉큼 움켜쥐고 싶었다. 그렇지만 그리 간단하게 생각할 문제가 아니었다.

자신을 원하고 있는 팀이 어느 팀인지는 몰라도, 당연히 그곳에서도 주전 경쟁이 기다리고 있을 터였다. 물론 예전의 자신이라면 주전 경쟁을 이겨낼 수 있다는 확신이 있었겠지만, 스티브 블래스 증후군을 앓고 있는 지금은 아니었다.

만약 스티브 블래스 증후군을 끝내 극복해 내지 못한다면, 새로 옮긴 팀에서도 머잖아 방출되고 말리라. 그리고 그때는 지금 송연철이 제안하고 있는 코치 수업까지도 물 건너간 상태일 것이다. 쉽게 말해 끈 떨어진 연과 마찬가지의 신세가 되는 것이었다.

"당장 대답하기 어려운 문제란 걸 알고 있다. 그런데 네게 줄 수 있는 시간이 많지 않구나. 미안하다."

내일이 트레이드 마감일이라는 것은 채승범도 알고 있었다. 더그아웃을 먼저 빠져나가고 있는 송연철의 등을 바라보며 채승범은 고민에 휩싸였다.

10연패에 빠져 있던 한성 비글스 팀은 분위기 반전에 성공하며 3연승을 내달렸다. 그렇지만 장태준은 팀의 연승에도 마냥 기뻐할 수만은 없었다.

4타수 무안타. 청우 로얄스의 유격수인 채승범의 실책으로 인해 마지막 타석에서 출루를 하긴 했지만, 장태준의 입장에서 절대로 만족스러운 경기는 아니었다.

속이 상한 탓일까? 술 생각이 났다. 장태준은 단골바에 찾아가서 술을 홀짝이고 싶은 것을 꾹 참고 연습장으로 향했다. 그만큼 절박했기 때문이었다.

"트레이드 마감 시한까지 이틀이 남았지 않나? 그 전에 자네가 우리 팀에 꼭 필요한 선수라는 것을 증명하게."

구단주인 강균성이 했던 충고가 떠올랐다. 강균성이 미리 일러주었던 대로 장태준은 오늘 경기에 오랜만에 선발로 출전했다. 4번 타자가 아니라 5번 타자로 출전했다는 것이 빈정을 상하게 했지만, 이것저것 따질 상황이 아니었다.

"이러다가 진짜 트레이드당하는 거 아냐?"

찬스 때마다 삼진과 뜬공으로 물러나자, 노우진이 못마땅한 표정으로 고개를 절레절레 흔들던 것이 떠올랐다. 노우진이라면 정말로 자신을 트레이드시킬지도 모른다는 걱정이 든 순간, 점점 더 불안해졌다. 연습장에 틀어박혀서 허공에다 대고 방망이라도 휘둘러야 불안감이 조금 가실 것 같았다.

"뭐가 문제지?"

부웅. 부웅. 아무도 없는 연습장에서 방망이를 연신 휘두르던 장태준이 고개를 갸웃거렸다. 그리고 오늘 경기에서 상대했던 투수들의 공을 떠올리다가 더 참지 못하고 방망이를 내던졌다.

"백병우라는 애송이를 고의 사구로 거르고 감히 날 선택해?"

아까의 상황을 떠올린 순간, 자존심이 상했다. 그렇지만 더욱 자존심이 무너진 것은, 그 상황에서 자신이 내야 뜬공으로 맥없이 물러났다는 점이었다.

"왜 타이밍이 안 맞지?"

이성현은 청우 로얄스의 4선발이었다. 비록 불같은 강속구를 뿌리는 투수는 아니었지만, 종속이 좋다는 장점이 존재했다. 그래서 그 결과를 어느 정도 납득할 수 있었지만, 불펜 투수인 정석일과의 대결은 도저히 납득이 가지 않았다.

"고작 132km였어!"

130km대 초반의 밋밋한 직구. 게다가 제구도 제대로 되지 않아서 한가운데로 들어온 공은 분명히 실투였다. 그래서 최소한 2루타라는 생각을 가지고 자신 있게 방망이를 휘둘렀다. 그러나 결과는 장태준의 예상과 달랐

다. 외야를 향해 쭉쭉 뻗어나가는 대신, 1루 측 관중석으로 날아가고 만 것이다.

겨우 132㎞의 밋밋한 직구에 방망이가 밀렸다는 것이 믿기지 않았다. 아니, 도저히 인정할 수 없었다. 장태준이 아까 내던졌던 방망이를 다시 주워 들고 화풀이라도 하듯 다시 방망이를 휘두르고 있을 때였다.

"선배님!"

굵은 목소리가 들려왔다. 아까까지 아무도 없던 연습장으로 들어온 것은 백병우였다.

"이 시간에 웬일이야?"

"연습 좀 하려고요."

"연습?"

백병우의 대답을 들은 장태준이 의아한 시선을 던졌다. 오늘 경기에서 백병우는 4타수 4안타에 홈런도 하나 기록했다. 완벽한 경기를 펼친 만큼 당연히 숙소에서 맥주나 마시고 있을 거라 판단했는데, 갑자기 연습장에 나타나다니. 장태준으로서는 도무지 이해가 가지 않았다.

"타격 폼이 조금 흐트러졌어요."

"……"

"어깨가 조금 일찍 열리는 것 같은 느낌이 들어서요."

"어깨?"

"네."

"착각이겠지."

어깨가 일찍 열리는 상황에서는 절대로 좋은 타격이 나올 수 없다. 하지만 백병우는 오늘 4타수 4안타를 기록하지 않았던가? 그것이 백병우의 타격 폼이 흐트러지지 않았다는 증거였다.

"착각이 아니더라고요."

"무슨 소리야?"

"경기 끝나자마자 영상을 재생시켜가면서 제 타격 폼을 분석해 봤는데 어제 경기보다 어깨가 조금 빨리 열렸어요."

"그… 래?"

"네, 아무래도 타격할 때 발을 좀 더 높이 들어 올려야 할 것 같아요."

백병우가 인사를 한 후 조금 떨어진 곳에서 방망이를 휘두르며 타격 연습을 하기 시작했다. 그 모습을 물끄러미 바라보던 장태준이 기억을 더듬었다.

'언제… 였었지?'

백병우처럼 경기 영상을 확인하며 타격 폼을 수정하기 위해 애쓰던 시절이 있었다. 그렇지만 언제가 마지막이었는지 기억해 내는 것조차 어려울 정도로 까마득한 옛날이었다.

언제부턴가 연습을 게을리하기 시작했고, 치열함은 사라져 버렸다. 오늘 못 치면 내일은 잘 치겠지 하는 안이한 생각을 하면서 문제점을 분석하고 연습에 매진하는 대신 술을 마시고 여자를 만났었다.

정확히 언제부터 그렇게 바뀌었는가는 기억나지 않았다. 하지만 그렇게 변해 버린 계기는 기억에 남아 있었다.

한성 비글스 팀 부동의 4번 타자, 장태준.

언론에서 그렇게 떠들어대고, 전임 감독이 엄지를 추켜올려 세우며 4번 타자는 너뿐이라고 말해주었을 때부터 마음가짐이 그렇게 변하기 시작했다. 한성 비글스 팀의 4번 타자를 맡을 수 있는 것은 자신뿐이라는 확신이 생긴 순간, 나태해지기 시작했다.

아주 살짝 흐트러진 타격 폼을 되찾기 위해서 구슬땀을 흘리며 연습에 매진하고 있는 백병우를 바라보던 장태준은 조용히 연습장을 빠져나왔다. 그리고 숙소로 돌아온 장태준이 전력 분석 팀에서 보내준 예전 경기 영상을 녹화해 둔 CD를 꺼내 들었다.

가장 최근 경기들의 영상부터 확인해 보던 장태준이 슬쩍 눈살을 찌푸렸다.

"별 차이가 없잖아!"

두툼한 뱃살을 출렁이며 힘차게 스윙을 하는 자신의 모습은 지금과 크게 달라진 점이 보이지 않았다. 그래서 다른 CD들을 뒤적이던 장태준의 손이 멈칫했다.

2011년 4월 21일

CD에 적힌 날짜는 아직도 생생히 기억이 났다. 5타수 5안타를 기록하며 한성 비글스 팀이 무려 8점이라는 점수 차를 뒤집고 기적 같은 역전승을 거두는 데 혁혁한 공을 세운 날이었다.

리모컨으로 재생 버튼을 누르자, 그날의 경기 영상이 흘러나오기 시작했다. 그리고 타석을 향해 천천히 걸어서 나오고 있는 예전 자신의 모습을 확인한 장태준이 참지 못하고 길게 한숨을 내쉬었다.

"저게… 나야?"

청우 로얄스와의 두 번째 경기는 토요일 경기라 주간 경기로 진행됐다.

더그아웃에 도착한 우진은 경기가 시작되기 전, 청우 로얄스의 라인업을 먼저 확인했다. 가장 달라진 것은 내야 수비진이었다.

어제 경기에서 오래간만에 선발 유격수로 출전했던 채승범 대신에 원래 선발 유격수였던 정진호가 나섰다. 그리고 채승범은 유격수가 아닌 2루수로 출전했다. 그 라인업을 확인한 우진이 원정 팀 더그아웃에 앉아 있는 송연철을 바라보았다.

"끝까지 감춰보려는 의도이신 것 같군요."

무표정한 얼굴로 감독석에 앉아 있는 송연철의 의도가 무엇인지 짐작이 갔다. 그는 이미 채승범의 문제가 무엇인지 알고 있었다. 그렇지만 우진에게는 채승범이라는 상품의 하자를 끝까지 감추려 하고 있었다. 수비와 송구 부담이 유격수에 비해 상대적으로 적은 2루수를 채승범에게 맡긴 것이 그 증거였다. 그렇지만 애석하게도 우진은 채승범이라는 상품의 하자가 스티브 블래스 증후군이라는 사실을 이미 꿰뚫고 있는 상황이었다.

송연철은 쓸데없는 짓을 한 셈이었지만, 우진은 오히려 반가웠다. 이렇게 무리를 해가면서까지 채승범을 선발 2루수로 출전시킨 것은, 송연철이 아직 트레이드에 대한 의지를 갖고 있다는 뜻이었으니까. 그리고 트레이드에 대한 우진의 열정도 아직 식지 않았다. 채승범과 교환할 트레이드 카드를 오늘 경기에 내보낸 것은 마찬가지였으니까.

우진이 나름 비장한 표정을 지은 채 더그아웃에 앉아

있는 장태준을 힐끗 바라보았다. 장태준은 오늘 경기도 어제와 마찬가지로 5번 지명 타자로 출전했다. 그리고 한성 비글스의 라인업에는 또 하나의 변화가 있었다.

선발투수 백기형. 두 명의 외국인 투수가 동시에 2군으로 내려가면서 생긴 선발투수의 공백을 메우기 위해서 2군에서 1군으로 올린 두 명의 투수 가운데 백기형이 오늘 경기에 선발로 나서는 것이었다.

184㎝, 93㎏의 좋은 체격 조건을 갖춘 백기형은 우완 정통파 투수였다. 평균 구속은 130㎞대 후반으로 공이 빠른 편은 아니었지만 커브와 슬라이더, 포크볼 같은 변화구를 던지는 것에 능했다. 다양한 구종으로 타자들의 타이밍을 뺏는 것이 장점인 백기형은 긴장한 기색이 역력했다.

"6회까지다!"

"네!"

"뒤는 생각하지 말고 무조건 전력투구해!"

"알겠습니다."

"하나만 명심해. 기회는 두 번 찾아오지 않아."

비장한 표정으로 고개를 끄덕이는 백기형의 어깨를 두드려 준 우진이 더그아웃으로 돌아왔다.

6이닝 4실점. 우진이 오늘 선발투수로 나서는 백기형에게 기대하는 목표치였다. 그리고 백기형이 4실점 이

내로 막아준다면 충분히 승산이 있다는 판단을 내렸다. 오늘 경기에 청우 로얄스의 선발로 나서는 5선발 김승희는 요즘 상승세를 타고 있는 한성 비글스 타자들이 충분히 공략할 수 있는 투수였기 때문이었다.

1회 초, 긴장한 탓인지 백기형은 고전했다. 선두 타자와의 승부에서 노볼 2스트라이크라는 유리한 볼카운트를 가져가는 데 성공했지만, 유인구로 던진 몸 쪽 공이 제구가 되지 않으면서 사구를 허용했다. 이후 2번 타자를 내야 뜬공으로 처리하는 데는 성공했지만, 장타력을 갖춘 3번 타자를 넘지 못했다.

포수가 바깥쪽으로 빠져 앉은 채 직구를 요구했지만, 백기형이 던진 공은 한가운데로 들어갔다. 밋밋한 직구는 실투였고, 청우 로얄스의 3번 타자는 실투를 놓치지 않고 받아쳐 가운데 담장을 넘겨 버렸다.

0 : 2

마운드 위에 서서 분한 듯 이를 꽉 깨물고 있는 백기형을 바라보며 우진이 쓰게 웃었다. 비록 지금은 분하겠지만, 이번에 홈런을 맞은 것은 백기형에게 귀한 경험이 될 터였다. 그리고 오히려 경기 초반에 홈런을 얻어맞은 것이 다행으로 작용했다.

백기형은 홈런을 얻어맞고 정신을 차린 듯, 직구 위주의 볼 배합을 장기인 다양한 변화구 위주로 바꾸었다.

그리고 그때부터는 비교적 호투가 이어졌다.

매 이닝마다 안타를 허용하긴 했지만, 집중타는 얻어 맞지 않았다. 그리고 제구가 좋은 덕분에 사구도 하나밖에 허용하지 않았다.

백기형은 빼어난 위기관리 능력을 선보이며 청우 로얄스의 타선을 7이닝 2실점으로 막는 인상적인 피칭을 했다. 아쉬운 점이라면 한성 비글스 팀의 타선이 침묵한 것이었다. 청우 로얄스의 5선발인 김승희에게 막힌 타선은 4회에 백병우의 적시 2루타로 1점을 얻어내는 데 그쳤다.

퀄리티 스타트에는 성공했지만, 승리투수 요건을 갖추지 못한 백기형은 아쉬운 기색을 역력히 드러냈다. 그리고 더 던지고 싶다는 의지를 내비쳤지만, 우진은 기대 이상의 호투를 한 백기형을 마운드에서 내렸다. 대신 어제 경기에 출전해서 호투를 펼친 안태영을 8회부터 마운드에 올렸다.

연속 등판이어서 힘이 떨어진 탓일까? 안태영이 던지는 직구의 평균 구속은 어제보다 약 5㎞ 정도 떨어졌다. 그래서 연속 안타를 얻어맞고 1사 1, 3루의 위기에 처했지만, 낙차 큰 커브로 후속 타자들을 삼진과 외야 뜬공으로 처리해 무실점으로 위기를 벗어났다. 그리고 1 : 2로 뒤진 상황에서 한성 비글스 팀의 8회 말 공격이 시작됐다.

올 시즌 한성 비글스 팀의 최다 연승은 3연승이었다. 지난 5월에 3연승을 한 번 기록했었고, 최근 들어 3연승을 기록한 것이 전부였다.

올 시즌 팀의 최다 연승 기록을 경신하겠다는 의지를 불태우고 있는 선수들 탓에 분위기는 나쁘지 않았다. 그리고 클린업트리오부터 시작하는 8회 말 공격의 타순도 나쁘지 않았다.

8회 말의 선두 타자로 3번 타자인 최익성이 타석에 들어섰다. 청우 로얄스의 투수는 호투를 하고 내려간 선발투수인 김승희에 이어서 불펜 투수인 김동우가 올라와 있었다. 이전 타석에서 3타수 무안타를 기록한 최익성은 어떻게든 살아 나가겠다는 강한 의지를 드러냈다. 유인구에 속아 연거푸 헛스윙을 하며 1볼 2스트라이크의 불리한 볼카운트에 몰린 최익성은 4구째에 몸쪽으로 바짝 붙는 높은 직구가 들어오자 뒷걸음질을 치며 피하는 대신, 오히려 앞으로 배를 내밀었다.

샤사삭. 공은 최익성의 유니폼을 가볍게 스치고 지나갔고, 최익성은 주심에게 사구라며 강하게 주장했다. 다행히 공이 유니폼을 스치고 지나가는 소리를 심판이 놓치지 않은 덕분에 사구로 선언됐다.

무사 1루. 경기의 승패를 뒤집을 수 있는 마지막 기회가 찾아왔음을 직감한 우진이 승부수를 던졌다. 발이 느린 최익성을 대신해 고창성을 대주자로 기용했다.

최근 불방망이를 휘두르고 있는 4번 타자 백병우가 타석에 등장하자, 투수인 김동우는 물론이고 수비수들도 긴장하는 것이 느껴졌다.

백병우가 홈런이나 장타를 날려주면 가장 좋겠지만, 우진은 지나친 기대를 접었다. 3할만 쳐도 좋은 타자라고 불리는 것이 현실. 백병우에게 큰 기대를 하지 않는 대신, 우진은 주자를 득점권으로 진루시켜 주기만을 바랐다. 그리고 백병우는 우진의 의중을 알아챈 듯한 타격을 선보였다.

초구로 들어온 커브를 지켜본 백병우는 2구째로 들어온 바깥쪽 낮은 직구를 놓치지 않고 힘껏 밀어 쳤다. 맞는 순간, 1루수와 2루수 사이의 너른 공간을 꿰뚫을 거라고 판단했을 정도로 타구는 빨랐고, 방향도 좋았다. 그러나 그리 익숙지 않은 2루수로 출전했음에도 채승범의 수비 범위는 무척 넓었다.

글러브를 쭉 내밀어서 타구를 낚아챈 채승범이 점프를 하며 신형을 한 바퀴 빙글 돌렸다. 대주자인 고창성의 스타트가 워낙 빨랐기 때문에 더블플레이로 연결하기에는 늦었다는 것을 확인한 채승범이 바닥에 착지하자마자 1루를 향해 공을 뿌렸다.

깔끔한 호수비. 그렇지만 이번에도 송구가 문제였다. 1루를 향해 뿌린 채승범의 송구는 짧았고, 1루수인 원석현은 원 바운드성 송구를 받아내지 못하고 뒤로 흘렸다. 1사 2루가 될 상황이 무사 2, 3루로 바뀌게 된 치명적인 송구 실책을 범한 채승범이 망연자실한 표정을 지은 채 고개를 떨궜다.

그리고 무사 2, 3루의 절호의 역전 찬스에서 한성 비글스 팀의 5번 타자 장태준의 타석이 돌아온 순간, 우진이 고민에 휩싸였다.

'대타를 내보낼까?'

3타수 무안타. 오늘 장태준의 기록이었다. 삼진과 내야 땅볼, 포수 파울 플라이 아웃 하나씩을 기록한 장태준은 여전히 타석에서 감을 찾지 못하고 있었다. 그렇지만 우진은 대타 카드를 접기로 결심했다. 그 이유는 두 가지였다.

우선 한성 비글스 팀에 마땅한 대타 요원이 존재하지 않았다. 이전 감독이 대타 요원으로 자주 활용했던 강철준은 고작 2할대 초반을 기록할 정도로 타율이 낮았다. 게다가 지금은 외야 플라이가 필요한 상황. 장타력이 부족한 강철준을 대타로 내보내는 것은 무리한 도박이었다.

또 하나의 이유는 장태준이 이전 타석과는 조금 달라졌기 때문이었다. 130㎞대 중반에 불과한 이성현의 직구에 방망이가 밀리고 유인구에 속아 넘어가는 것은 여전했으니 타격 기술이 갑자기 좋아진 것은 아니었다. 장태준이 달라진 점은 바로 눈빛이었다.

병살타를 쳐서 득점 찬스를 날려 버린 후에도 고개를 빳빳이 들고 어슬렁거리며 더그아웃으로 돌아오던 장태준의 눈빛이 오늘 분명히 달라져 있었다. 어떻게 표현하면 될까? 굳이 말로 표현하자면, 눈빛에 절박함과 초조함이 묻어나고 있었다.

"트레이드설 때문이겠지."

우진은 장태준의 눈빛이 달라진 이유를 짐작했다. 자칫하면 트레이드를 당하게 될지도 모른다는 위기감이 오늘 경기에서 뭔가를 보여줘야 한다는 절박함으로 이어진 것이다.

"과연 답을 찾아냈을까?"

대타 카드를 접고 장태준을 그대로 밀고 나가기로 결정한 우진이 감독석에 등을 묻으며 두 눈을 빛냈다. 장태준은 분명히 타격 슬럼프를 겪고 있었고, 그 슬럼프를 벗어나기 위해서는 어떤 해법이 필요했다. 그리고 우진은 그 해법에 대해 알고 있었지만, 아직 장태준에게 일러주지는 않았다. 설령 알려준다고 해도 자신에게 반감을 갖고 있는 장태준이 곧이곧대로 들을 리가 없을 터이니 스스로 해법을 찾아내는 편이 더 나을 거라는 판단을 내렸기 때문이다.

긴장감을 몰아내기 위해서 크게 숨을 몰아쉰 장태준이 타석에 들어서는 것을 바라보던 우진이 감독석 등받이에 묻고 있던 등을 뗐다.

'달라졌다?'

이전 타석과 지금 타석에 들어선 장태준은 분명히 달라져 있었다. 그 달라진 점은 바로 타석의 위치였다.

"앞으로 당겼군!"

지금까지 장태준은 홈플레이트 가장 뒤쪽에 서서 타격을 했다. 그런데 지금은 가장 뒤쪽이 아니라 평소보다 한 발 정도 앞쪽에서 타격 자세를 취하고 있었다.

"나름 필사적이로군!"

달라진 타격 자세를 취하고 있는 장태준을 확인한 우진이 희미한 웃음을 머금었다. 장태준이 나름대로 고심한 끝에 찾아낸 해법은 우진이 생각했던 해법과는 분명히 달랐다. 그렇지만 아주 효과가 없는 방법은 아니었다. 비록 단기적인 효과이겠지만, 중요한 것은 장태준이 달라졌다는 것이었다. 적어도 자신의 문제를 인정하고, 타격 슬럼프에서 벗어나기 위해서 애쓰고 있다는 것만으로도 우진은 충분히 만족스러웠다.

"결과가 좋으면 더 좋겠지!"

김동우가 초구를 뿌렸다. 전광판에 142㎞가 찍힌 직구가 바깥쪽 꽉 찬 코스로 파고들었다. 방망이를 내밀 생각도 않고 포수의 미트에 꽂히는 공을 바라보던 장태준의 표정이 일그러졌다.

"자존심이 상했군!"

노아웃 무사 2, 3루. 1루가 비어 있는 상황이었다. 충분히 장태준과의 승부를 피하고 1루를 채울 수도 있었다. 아마 예전의 장태준이었다면 청우 로얄스의 배터리는 분명히 그런 선택을 내렸을 터였다. 하지만 지금의 장태준은 타격 슬럼프에 빠져 있었다. 그래서 청우 로얄스의 배터리는 초구부터 스트라이크를 잡으며 장태준과 승부를 하겠다는 의지를 내비쳤고, 그것이 장태준의 자존심을 상하게 만든 것이었다.

거칠게 콧김을 내뿜긴 했지만, 장태준은 흥분하지 않았다. 다시 타석에 들어서서 투수인 김동우를 노려보던 장태준이 왼 다리를 들어 올렸다.

김동우가 던진 2구는 슬라이더였다. 한가운데로 들어오다가 바깥쪽으로 흘러 나가는 슬라이더가 들어오자, 장태준이 지체하지 않고 방망이를 휘둘렀다.

따악. 경쾌한 소리가 울려 퍼졌다. 방망이를 버리고 두툼한 뱃살을 출렁이며 전력 질주를 시작하는 장태준을 바라보던 우진이 참지 못하고 웃음을 터뜨렸다.

오래간만에 방망이 중심에 맞은 타구였다. 그리고 장태준이 슬라이더를 방망이 중심에 맞출 수 있었던 비밀은 타격 위치에 있었다.

장태준은 자신의 방망이 스피드가 예전보다 떨어졌다는 것을 인정했다. 그래서 처음부터 직구는 버리고 변화구를 노리고 들어온 것이었다. 하지만 지금 장태준의 타격 컨디션은 말 그대로 최악. 유인구에 제대로 대처하는 것이 불가능에 가까웠다. 그래서 장태준이 이번 타석에 갖고 나온 해법은 타격 위치를 앞으로 당겨서, 슬라이더가 제대로 꺾이기 전에 받아치는 것이었다.

1루 베이스를 향해 뒤뚱거리며 열심히 뛰어가는 장태준을 바라보던 우진이 타구를 향해 시선을 돌렸다.

"힘 하나는 인정해야겠군!"

평범한 외야 플라이가 될 거라고 여겼던 타구는 우진의 예상보다 훨씬 멀리 뻗어나갔다. 좌익수가 열심히 쫓아가서 펜스에 부딪히면서까지 잡으려고 했지만, 타구는 좌익수가 뻗은 글러브 위로 넘어가 펜스 상단에 맞고 다시 튕겨 나왔다.

3루 주자인 고창성은 물론이고, 2루 주자인 백병우도 느긋하게 홈으로 들어올 정도로 큰 타구였다. 좌익수를 대신해서 펜스에 맞고 튕겨 나온 공을 중견수가 쫓아갔을 때, 장태준은 2루 베이스 근처에 다다라 있었다. 그리고 장태준은 2루 베이스 근처에 도착했음에도 달리는 속도를 줄이지 않았다. 오히려 더욱 가속을 붙였다. 숨을 헐떡이면서도 장태준은 3루를 향해 내달렸지만, 무리한 주루 플레이였다.

좌익수의 타구 판단이 좋지 않았기 때문에 발이 빠른 타자였다면 충분히 3루에 갈 수 있는 타구. 그렇지만 장태준은 발이 느렸다. 좌익수를 대신해서 공을 잡은 중견수가 바로 3루로 공을 뿌렸고, 장태준이 3루 베이스에 도착하기 한참 전에 3루수가 이미 공을 들고 기다리고 있었다. 결국 장태준이 슬라이딩도 해보지 못하고 태그를 당해 아웃되며 그대로 이닝이 종료되었다.

"그래도 의욕 하나만큼은 칭찬해 줄 만하군."

가쁜 숨을 몰아쉬며 천천히 더그아웃으로 걸어 들어오는 장태준을 살피며 우진이 전광판을 바라보았다.

3 : 2

장태준의 안타 덕분에 2점을 획득하며 8회까지 계속 끌려가던 경기를 마침내 뒤집었다. 그리고 이걸로 충분했다. 9회 초에 마운드에 오른 마무리 투수 김전우가 깔끔하게 삼자범퇴로 막아내며 경기는 한성 비글스 팀의 승리로 끝났다.

4연승. 한성 비글스 팀은 올 시즌 최다 연승 기록을 세웠다. 그렇지만 기자들은 한성 비글스 팀의 연승 행진을 주목하지 않았다.

기자들이 관심을 드러낸 것은 갑자기 툭 불거졌던 장태준의 트레이드설이었다. 오늘이 트레이드 마감일인 만큼, 기자들의 관심이 장태준에게 쏠린 것은 어쩌면 당연한 일이었다.

"오늘 경기에서 결승타를 친 장태준 선수가 트레이드 되는 것이 사실입니까?"

"장태준 선수는 한성 비글스 팀의 프랜차이즈 스타나 마찬가지인데, 정말 트레이드 되는 겁니까?"

"만약 장태준 선수가 트레이드 된다면 어느 팀의 어떤 선수와 트레이드가 되는 겁니까?"

기자들이 질문 세례를 쏟아냈다. 그러나 우진이 대답해 줄 수 있는 질문은 없었다. 아직 장태준의 트레이드는 확정되지 않았기 때문이었다.

"제가 드릴 수 있는 말씀은 하나뿐입니다. 아직 트레이드 마감까지는 몇 시간이 남았고, 그사이에 무슨 일이 벌어질지는 누구도 모릅니다. 솔직히 말씀드리면 저도 어떻게 될지 궁금합니다."

기자들을 대충 상대한 우진이 서둘러 인터뷰실을 빠져나갔다.

8월 9일. 오늘은 트레이드 마감일이기도 했지만, 강지영의 생일이기도 했다. 지난번 사건 이후로 자신을 대하는 강지영의 태도는 아직도 냉랭했다. 그리고 우진은 오늘 제대로 점수를 따서 토라진 강지영의 마음을 풀어줄 생각이었다.

인터넷을 검색해서 야경이 아름답다고 소문난 레스토랑을 미리 예약해 두었다. 주간경기인 데다가 팽팽한 투수전이었던 덕분에 경기는 일찍 끝난 편이었다. 그렇지만 저녁 9시에 가까워지는 시간인 탓에, 저녁 식사 시간은 한참 지나 있었다.

우진이 예약한 레스토랑에 먼저 도착해서 기다리고 있자, 약 오 분 후 강지영이 도착했다. 그녀가 새초롬한 표정을 지으며 들어서는 것을 발견하고 우진이 반갑게 맞았다.

"왔어요?"

"이런 식으로 복수를 할 계획이었어요?"

"복수요?"

"날 굶겨 죽이려는 거잖아요."

강지영의 말을 듣고서 우진이 웃음을 터뜨렸다. 농담을 던지는 걸 보니 마음이 조금 풀린 것처럼 보였다.

"생일 축하해요."

"나도 축하해요. 올 시즌 한성 비글스 팀의 최다 연승 기록을 경신한 것."

"어서 앉아요. 굶어 죽으면 안 되니까."

강지영이 앉자마자, 우진이 미리 준비해 온 꽃다발을 건넸다. 마지못한 척 꽃다발을 건네받은 강지영이 코를 묻고 꽃향기를 맡았다. 감동한 척이라도 해주면 좋으련만. 강지영은 이내 꽃다발을 내려놓고서 물었다.

"이게 다예요?"

"네?"

"선물은 없어요?"

"아, 선물. 물론 있죠."

"그럼 줘요."

"조금 이따가요. 아직 선물이 도착을 안 했거든요."

"얼마나 대단한 선물을 준비했기에 아직 도착을 안 했어요?"

살짝 불평을 늘어놓았지만 강지영은 잔뜩 기대한 표정을 감추려들지 않았다. 그사이, 우진이 미리 주문했던 음식들이 나오기 시작했다.

"조금 발전하긴 했네요."

"무슨 소리예요?"

"메인 요리가 나오기 전에 빵으로 배를 채우지 않는 걸 보니까, 확실히 예전보다 발전하긴 했어요."

강지영의 얘기를 들은 우진이 예전 기억이 떠올라 쓰

게 웃었다. 강지영의 말처럼 분명히 발전하긴 했지만, 주방장이 정성껏 만든 비싼 요리의 맛을 제대로 느끼지 못하는 것은 마찬가지였다.

우진은 음식을 먹으면서도 수시로 휴대전화를 확인했다. 아니, 정신이 온통 휴대전화에 팔려 있었다. 그 모습을 보고 강지영이 핀잔을 줬다.

"선물이 아직 안 도착했나 보죠?"

"그게… 워낙 구하기 어려운 선물이라서……."

"뭔데요? 구두? 지갑? 가방? 국내에서는 구하기 어려운 한정판이에요?"

우진은 두 눈을 빛내며 연달아 질문을 쏟아내고 있는 강지영을 보며 머리를 긁적였다. 우진이 준비한 선물은 명품 구두나 가방과는 거리가 멀었다. 그래서 어쩌면 자신이 준비한 선물을 받고서 실망하지 않을까 하는 걱정이 들 때였다.

드르르륵. 드르르륵. 테이블 위에 올려두었던 우진의 휴대전화가 진동하기 시작했다. 우진이 재빨리 휴대전화를 들어 올렸다.

"여보세요?"

"노 감독, 나 청우 로얄스의 송연철일세."

수화기를 통해 들려오는 낮고 굵은 송연철의 목소리를 확인한 순간, 휴대전화를 쥔 우진의 손에 힘이 들어갔다.

"감독님께서 어쩐 일이십니까?"

"이유야 잘 알고 있지 않나?"

"무슨 말씀이신지……."

"빙빙 돌리지 말고 바로 본론으로 들어가세. 남은 시간이 많지 않으니까."

우진이 레스토랑 벽에 걸려 있는 시계를 바라보았다. 어느덧 밤 열 시에 가까워진 시각. 송연철의 말대로 이제 남은 시간이 진짜 얼마 없었다.

"트레이드 때문이시군요."

"맞네!"

"말씀하십시오."

우진이 잔뜩 긴장한 채 기다리고 있자, 잠시 침묵을 지키던 송연철이 입을 뗐다.

"트레이드에 대해 상의해 보세."

Chapter 3

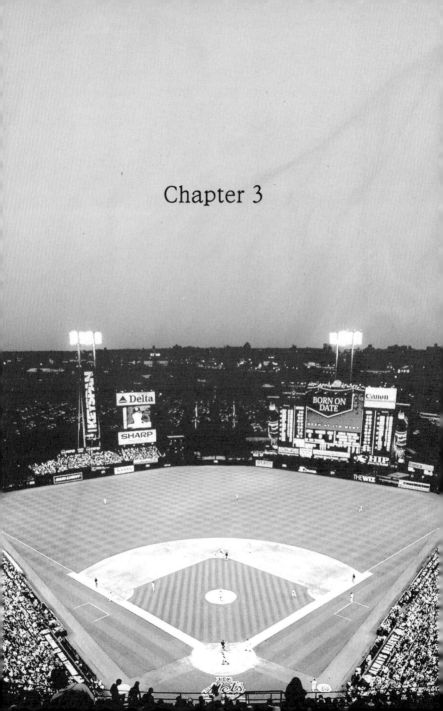

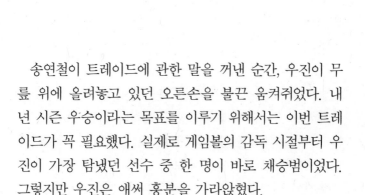

　송연철이 트레이드에 관한 말을 꺼낸 순간, 우진이 무
릎 위에 올려놓고 있던 오른손을 불끈 움켜쥐었다. 내
년 시즌 우승이라는 목표를 이루기 위해서는 이번 트레
이드가 꼭 필요했다. 실제로 게임볼의 감독 시절부터 우
진이 가장 탐냈던 선수 중 한 명이 바로 채승범이었다.
그렇지만 우진은 애써 흥분을 가라앉혔다.

　이제부터가 중요했다. 트레이드에 대한 필요성에 공감
했고, 서로의 의지를 확인했으니, 지금부터는 트레이드
카드를 맞춰 나가야 했다.

　"채승범을 원하는 것, 맞나?"

"맞습니다."

우진이 솔직하게 대답했다. 이번 트레이드를 추진하면서 처음부터 목표는 채승범이었다. 그리고 송연철도 이미 짐작하고 있을 터이니, 굳이 감출 필요가 없었다.

"이 대 일 트레이드를 하지."

"방금 이 대 일 트레이드라고 하셨습니까?"

"맞네."

"장태준과 채승범이라면 일대일 트레이드를 한다고 해도 저희가 손해입니다."

우진이 정색한 목소리로 말하자, 송연철이 내쉬는 한숨 소리가 들려왔다.

"노 감독!"

"말씀하시죠."

"아까도 말했지만 이제 시간이 별로 남아 있지 않네. 보아하니 장태준에게 경고장을 날리려고 한 것 같은데. 노 감독의 의도는 충분히 먹힌 것 같으니, 지금부터는 진짜 트레이드 카드를 맞춰보세."

우진이 멋쩍게 웃었다. 송연철은 자신의 의도를 애초부터 정확하게 파악하고 있었다.

솔직히 말하면 처음부터 장태준은 트레이드 카드가 아니었다. 장태준을 트레이드 시장에 내놓는다고 해도, 군침을 흘릴 팀이 없었기 때문이었다. 특히 처음부터 채승범을 노리고 있었던 우진이었던 만큼, 청우 로얄스 감독인 송연철의 의중이 중요했다. 그리고 송연철은 애초부터 장태준에게 관심이 없었다. 그럼에도 불구하고 장태준이 트레이드 시장에 나올 수 있다고 언론 플레이를 했던 것에는, 장태준에게 위기감을 심어줘야겠다는 의도가 숨어 있었다.

방금 전 송연철이 말한 대로 그 목적은 어느 정도 달성한 셈이었으니, 이제는 진짜 트레이드 카드를 맞춰야 했다.

"알겠습니다. 그럼 원하시는 선수들을 말씀하시죠."

"내가 원하는 선수는 안태영과 백기형이네."

송연철이 꺼낸 말을 듣고서, 우진이 다시 휴대전화를 쥔 손에 힘을 더했다.

청우 로얄스의 가장 큰 약점은 무너진 불펜진이었다. 전력 강화를 위해서 송연철이 불펜 투수를 원할 것이라고 판단했던 우진은 트레이드 카드를 맞추기 위해서 안태영과 백기형을 급히 1군으로 끌어올려 경기에 출전시켰던 것이었다.

"불가합니다."

그렇지만 우진은 트레이드 불가를 통보했다. 우진의 트레이드 불가 통보가 뜻밖이어서일까? 송연철이 살짝 당황한 목소리로 물었다.

"왜 불가라는 건가?"

"너무 과한 요구이십니다."

"뭐가 과하다는 건가? 채승범은 골든 글러브를 세 번이나 수상한 명실공히 국내 최고의 유격수네. 검증되지 않은 신인 투수 두 명과 바꾸는……."

"국내 최고의 유격수가 아니라 국내 최고의 유격수였죠."

"……."

"그리고 지금은 3루수죠."

"……."

"게다가 어제와 오늘 경기를 통해서 안태영과 백기형이라는 두 투수에 대한 검증은 이미 끝난 것 아닙니까?"

우진이 조목조목 지적하자, 송연철이 내쉬는 답답한 한숨 소리가 수화기 너머로부터 들려왔다. 기회를 놓치지 않고 우진이 말을 이었다.

"채승범은 이미 야구 선수로서는 황혼기에 접어들었다고 해도 과언이 아닌 선수입니다. 그리고 부상도 갖고 있더군요."

"노장 축에 속하긴 하지만, 그동안 체력 관리를 잘한 탓에 충분히 몇 년은 더 뛸 수 있네. 그리고 멀쩡한 선수에게 부상이라니."

"몸이야 멀쩡하겠죠. 하지만 마음의 부상을 입고 있지 않습니까?"

"마음의 부상?"

채승범이라는 상품의 하자를 감추기 위해서 필사적으로 애쓰고 있는 송연철에게 우진이 덧붙였다.

"스티브 블래스 증후군!"

"흐음!"

"트레이드 협상은 중단합니다."

정곡을 찔린 탓일까? 송연철이 내뱉고 있는 탄식성을 들은 우진이 딱 잘라 말하며 통화를 종료했다.

송연철과의 통화를 마치자마자, 우진이 다시 시계를 살폈다. 일단 배짱을 두둑하게 부려보기는 했지만, 초조한 것은 어쩔 수 없었다. 그만큼 채승범이 탐이 났고, 팀에 필요한 선수였기 때문이었다. 그래서 손으로 애꿎은 물 잔만 매만지고 있을 때, 강지영이 물었다.

"언제까지 기다려요?"

"네?"

"선물 도착하기 전에 내 생일이 지날 것 같아서 하는 말이에요."

트레이드 협상에 모든 신경이 쏠려 있었던 터라 강지영과 함께 있다는 사실을 깜박 잊었을 정도였다. 새초

롬한 표정을 지은 강지영이 꺼낸 말을 듣고서야 우진이
재빨리 사과했다.

"조금만 더 기다려줘요."

"왜요?"

"사기를 당할 수는 없으니까요."

"사기?"

"그런 게 있어요."

"그럼 조금만 더 기다려 줄게요."

그사이, 스테이크를 다 먹고 디저트로 나온 아이스크
림을 스푼으로 떠먹기 시작하는 강지영을 우진이 물끄
러미 바라보았다.

똑딱똑딱. 평소라면 제대로 들리지도 않았을 레스토
랑 벽에 걸린 시계의 초침 움직이는 소리가 마치 천둥
소리처럼 크게 들려왔다. 송연철과 통화를 마치고 흐른
시간은 고작 몇 분에 불과했지만 벌써 며칠은 지난 것
같이 느껴질 정도로 초조했다. 디저트로 나온 딸기 아
이스크림을 한 스푼 떠서 입에 넣어보았지만 아무 맛도
느끼지 못했다.

'그냥 받아들였어야 했나?'

조금 전에 과할 정도로 배짱을 부렸다는 생각이 들었
다.

그래서 후회가 밀려들기 시작했을 때, 휴대전화가 다

시 진동했다. 송연철에게서 걸려 온 전화임을 확인한 우진이 서둘러 받았다.

"원하는 게 뭔가?"

"일대일입니다."

"일대일?"

우진이 단도직입적으로 요구 조건을 꺼내자, 송연철은 다시 망설이기 시작했다. 그리고 한참만에야 다시 입을 뗐다.

"그건 어렵네."

'어떻게 할까?'

선택의 기로에 선 순간, 우진이 고민에 휩싸였다. 송연철이 제시한 이 대 일 트레이드를 못 이긴 척 받아들이는 게 낫지 않을까 하는 생각이 들었지만 우진은 이내 마음을 바꾸었다.

한성 비글스 팀은 이미 가을 야구를 포기한 상황이었다. 그렇지만 청우 로얄스 팀은 사정이 달랐다.

중요한 순간에 연패에 빠지면서 가을 야구에 나설 가능성이 희박해져 있었지만, 실낱 같은 희망은 남아 있었다.

그리고 감독이란 일말의 희망이라도 있을 경우, 마지막 순간까지 포기하지 않는 법이었다.

원래 목이 마른 사람이 우물을 파는 법이었고, 지금

더 급한 것은 우진이 아니라 송연철이었다. 트레이드에 대해 상의를 하자면서 먼저 전화를 걸어 온 것이 그 증거였다.

"그럼 어쩔 수 없죠."

우진이 다시 배짱을 부렸다. 그리고 곧 반응이 돌아왔다.

"다시 한 번만 생각해 보게."

"……."

"다른 방법은 없나?"

절박하게 변한 송연철의 목소리를 확인한 우진이 입가에 웃음을 머금었다. 이제 이 협상에서 우위에 선 것은 자신이었다.

"꼭 두 명이어야 합니까?"

"우리 팀은 불펜 투수가 절대적으로 부족하네."

"그럼 이 대 이 트레이드를 하시죠."

"이 대 이?"

예상치 못했던 제안이어서일까? 송연철은 잠시 침묵을 지킨 채 고민에 휩싸였다. 그리고 한참만에야 다시 물었다.

"어느 선수를 원하나?"

"송신원 선수입니다."

우진이 트레이드 협상을 대비해서 미리 준비해 온 플

랜은 크게 세 가지였다.

플랜 A는 일대일 트레이드. 안태영과 백기형 중 한 선수와 채승범을 트레이드하는 것이었고, 플랜 B는 이 대일 트레이드. 손해를 조금 보더라도 안태영과 백기형, 두 선수를 꼭 필요한 채승범과 트레이드하는 것이었다.

마지막 플랜 C는 이 대 이 트레이드였다. 안태영과 백기형, 두 선수를 내주고 채승범을 포함해 또 한 명의 선수를 건네받는 것이었다. 그리고 플랜 C까지도 염두에 두었기에, 우진은 추가로 지목할 선수를 이미 점찍어 두었다.

"송신원? 내가 제대로 들은 게 맞나?"

"맞습니다."

"왜인가?"

"필요하니까요."

"하지만……."

송연철이 도중에 말끝을 흐렸다. 그러나 우진은 송연철이 하려던 이야기가 무엇인지 짐작이 갔다.

송신원은 한물간 투수다. 게다가 부상을 입고 2년 가까이 기약 없는 재활 훈련을 하고 있는 선수다.

이런 투수를 데려가서 대체 무엇에 쓰려는 거냐?

송연철은 이렇게 되묻고 싶었을 터였다. 그렇지만 우진은 송신원이라는 선수가 필요했다.

설령 다시 마운드에 설 수 없는 상태라고 해도, 송신원은 한성 비글스 팀에 필요한 선수였다.

 물론 이건 우진의 생각일 뿐이었다. 만약 스카우트 팀장인 윤제균이 이 소식을 듣는다면 입에 거품을 물지도 모르겠다는 생각이 들어서 우진이 피식 웃을 때였다.

 "송신원이 왜 필요한지 물어도 되나?"

 "그것까지 알려드려야 합니까?"

 "그건 아니지만… 송신원은 재활에 성공한다고 해도 예전 같은 구위를 회복하지 못할 터인데."

 "혹시나 하는 미련 때문에 주저하고 계신 겁니까?"

 "……."

 "어차피 전력 외로 분류한 선수 아닙니까?"

 "그렇긴 하지."

 "굳이 알고 싶어 하시니 말씀드리겠습니다. 경험 때문입니다."

 "경험?"

 "송신원 선수의 경험이 우리 팀 젊은 투수들에게 도움이 될 것을 기대하고 있습니다."

 "그렇군, 좋네. 그렇게 하지."

 원하던 대답을 얻은 덕분일까? 송연철의 목소리가 한층 밝아져 있었다.

"감사합니다."

"고마운 건 날세."

"그야 두고 보면 알 수 있겠죠."

"하하, 그렇지."

"내년 시즌 우승 경쟁, 기대하겠습니다."

"그거 듣던 중 반가운 소리로군. 그럼 이만 끊겠네."

우진은 통화를 마치자마자, 강균성의 지시로 미리 서류를 작성한 채 대기하고 있던 프런트 직원에게 전화를 걸었다.

"안태영과 백기형, 두 선수를 청우 로얄스 팀으로 트레이드합니다. 그리고 채승범 선수와 송신원 선수가 우리 팀으로 올 것입니다. 트레이드 마감까지 시간이 얼마 남지 않았으니까, 바로 진행해 주세요."

꼼짝없이 야근을 하느라 투덜대고 있을 프런트 직원까지 신경 쓸 여유는 없었다.

트레이드 마감 시한까지 불과 두 시간을 앞두고 트레이드가 성사된 것에 대한 흥분 때문이었다.

아직 이 트레이드가 성공이냐, 실패냐를 논하기는 일렀다. 그렇지만 일단 트레이드가 성사됐다는 사실만으로도 우진은 초조함이 가셨다.

"달콤하네요."

아까는 느끼지 못했던 딸기 아이스크림의 달달한 맛

이 느껴지기 시작했다. 아이스크림을 한 입 먹은 우진이 조용히 기다리고 있던 강지영에게 말했다.

"다행이네요."

"뭐가요?"

"너무 늦기 전에 선물이 도착했네요."

"어떤 선물이죠?"

"채승범 선수가 한성 비글스 팀의 선수가 됐어요."

"……"

"덤으로 송신원 선수까지 얻었죠."

우진이 살짝 흥분한 목소리로 말했지만, 강지영의 표정은 조금도 밝아지지 않았다.

"설마 그게 생일 선물이에요?"

"마음에 안 들어요?"

어이없다는 표정을 짓고 있는 강지영을 보고 우진이 살짝 당황했다. 역시 그냥 명품 구두나 명품 가방을 사주는 것이 나았던 걸까 하는 후회가 불쑥 깃들었지만, 이미 내친걸음이었다.

"난 지영 씨가 좋아할 거라 생각했는데……."

"그 선물을 준비한 이유가 뭐예요?"

"지영 씨니까요."

"……?"

"그동안 우리 관계에 대해서 많이 생각해 봤어요."

"그래서요?"

"알쏭달쏭한 사이더라고요."

우진이 속내를 털어놓자, 강지영이 물었다.

"그걸 어떻게 표현하는지 알아요?"

"……?"

"썸 탄다고 하는 거예요."

"썸… 이요?"

"설마 썸도 몰라요?"

"처음 들어보는데요."

우진이 솔직하게 대답하자, 강지영이 답답하다는 표정을 지었다.

"썸이 뭔지도 모르는 남자랑 썸을 타고 있는 내 신세가 갑자기 처량해지네요."

"미안해요."

"정말 머릿속에 야구밖에 없죠? 그러니 이런 생일 선물을 준비했을 테고."

"썸이 뭔지는 모르겠지만, 우리는 한배를 탄 선원이라는 결론을 내렸어요. 우승이라는 같은 목적지를 향해 나아가는 한배를 탄 사이. 그래서 지영 씨도 내가 준비한 선물을 받고 좋아할 거라 예상했는데… 내 착각이었는지도 모르겠네요."

"좋아요."

"네?"

"마음에 든다고요. 명품 가방을 선물로 가져온 것보다 더."

강지영이 하얀 이를 드러내며 웃었다. 그 환한 웃음을 보고 우진은 안도했다.

걱정했던 것과 달리 우진이 준비한 생일 선물이 마음에 든 모양이었다. 덕분에 얼어붙었던 마음도 조금 풀린 것 같았고.

"나도 이제 슬슬 궁금해지네요."

"뭐가요?"

"이 기묘한 썸의 결말이 어떻게 될지."

생긋 웃던 강지영이 먼저 일어섰다.

"야구밖에 모르는 아저씨, 이만 나가요."

왜 벌써 일어나느냐는 시선을 던지는 우진에게 강지영이 덧붙였다.

"작별 인사해야죠."

비록 늦은 시간이었지만, 우진은 강지영의 충고대로 작별 인사를 하기 위해서 숙소로 향했다.

오래간만에 1군에 올라와서 경기에 출전한 흥분이 가시지 않은 탓일까? 안태영과 백기형은 아직 잠자리에 들지 않고 깨어 있었다. 우진이 숙소 앞에 위치한 호프집으로 두 선수를 불러냈다.

"감독님!"

"부르셨습니까?"

"편히들 앉아."

갑작스러운 호출에 안태영과 백기형은 긴장한 기색이 역력했다. 우진이 미리 주문해 두었던 시원한 생맥주가 테이블에 도착했지만, 안태영과 백기형은 그 생맥주에는 시선조차 주지 않고 우진만 바라보고 있었다.

그 강렬한 시선을 느낀 우진이 한숨을 내쉬었다.

'쉽지 않군!'

트레이드가 성사돼서 내일 다른 팀으로 옮기게 될 거라는 사실을 알리는 것은 생각보다 어려웠다. 간절하기 그지없는 안태영과 백기형의 시선을 코앞에서 마주하고 나니, 더욱 그랬다.

'이것도 게임볼의 감독 시절에는 느껴보지 못했던 거로군.'

게임볼에서는 선수들을 직접 대면한 채 트레이드 사실을 통보할 필요가 없었다.

그저 감독들의 필요에 의해서 트레이드를 진행했고, 트레이드가 성사되는 즉시 작별 인사 따윈 없이 바로 팀을 떠났으니까.

낯선 경험. 그리고 불편해서 피하고 싶은 자리였다.

그렇지만 불편하고 어렵다고 해서 피할 수는 없는 노릇이었다.

트레이드로 인해서 갑작스럽게 팀을 떠나게 된 선수들이 이구동성으로 토로하는 팀에 가장 섭섭했던 경우는 트레이드가 된다는 소식을 감독이나 코치에게서 직접 전해 듣지 못했을 때였다.

신문이나 인터넷 기사를 통해서 자신이 다른 팀으로 트레이드 됐다는 소식을 접했을 때의 배신감과 섭섭함은 이루 말할 수 없을 정도라고 했다.

그리고 우진은 내일이면 팀을 떠나게 될 두 선수가 신문 기사를 통해서 그 사실을 알게 만들고 싶지 않아서 이 자리를 마련한 것이었다.

"할 얘기가 있어서 불렀어."

"말씀하십시오."

"혹시 다시 2군으로 내려가라는 통보를 하시려는 겁니까?"

우진이 운을 떼자마자, 백기형의 낯빛은 벌써 어둡게 변해 있었다. 오랫동안 2군에 머물러 있다가 1군에 올라온 두 선수인 만큼 가장 두려워하는 것은 다시 2군으로 내려가라는 통보일 터였다.

"그건 아냐."

우진이 2군행 통보는 아니라고 확인해 주자 두 선수

의 표정이 다시 밝아졌다. 그러나 화색은 오래가지 않았다.

"트레이드 소식을 전하려고 불렀어."

전혀 예상치 못했던 탓일까? 우진이 어렵사리 입을 떼자 안태영과 백기형의 눈이 휘둥그레졌다. 너무 놀란 탓에 아예 말문이 막혀 버린 두 선수를 대신해서 우진이 그들이 궁금해하고 있을 것에 대해 설명해 주었다.

"청우 로얄스 팀으로 가게 될 거야."

"청우 로얄스요?"

"그래, 너희들도 대충 알고 있겠지만 청우 로얄스 팀은 현재 불펜진이 붕괴된 상황이야. 그래서 송연철 감독님이 먼저 너희들의 트레이드를 요청했어."

서로 눈짓을 교환하던 두 선수 가운데 안태영이 조심스럽게 입을 열었다.

"감독님, 혹시 트레이드 때문에 저희를 1군으로 콜업하셨던 겁니까?"

"그래, 맞아."

"역시… 그랬군요."

배신감과 서운함을 동시에 느끼는 걸까? 아무런 말없이 탁자만 물끄러미 내려다보고 있는 안태영과 백기형을 살피던 우진이 한숨을 내쉬며 다시 입을 뗐다.

"아까웠어."

"……?"

"……?"

"2군에서 쭉 머물면서 1군 경기에 나서지 못하는 너희들을 보면서 아깝다는 생각을 많이 했다. 그런데 내가 구상하고 있는 우리 팀의 내년 라인업에는 너희들이 설 자리가 없었어. 그래서 고심 끝에 결정을 내렸다. 너희들이 1군 무대에서 활약하는 모습을 지켜보고 싶었거든."

안태영과 백기형은 분명히 잠재력을 가진 좋은 투수들이었다. 그러나 이 두 선수는 즉시 전력감은 아니었다.

제대로 팀에 보탬이 되기 위해서는 1군 무대에서 더 많은 실패를 하면서 경험을 쌓아야 했다.

그렇지만 아쉽게도 우진에게는 이 두 선수들의 경험이 쌓일 때까지 기다려 줄 시간이 부족했다.

"청우 로얄스 팀은 불펜 투수들이 절대적으로 부족한 상황이니까 바로 1군 경기에 투입될 거야."

"감독님!"

"말해."

"저희는 어느 선수와 트레이드가 된 겁니까?"

"채승범, 그리고 송신원 선수."

우진의 입에서 두 선수의 이름이 흘러나오자 안태영

과 백기영의 입에서 감탄인지 탄식인지 알 수 없는 소리가 동시에 흘러나왔다.

가장 궁금했던 것들을 알게 되자 그제야 갈증이 치민 듯 안태영과 백기형은 앞에 놓여 있던 생맥주를 들어 단숨에 들이켰다.

그런 그들을 바라보던 우진이 조심스럽게 물었다.

"섭섭해?"

서운할 것이었다. 그리고 배신감을 느끼는 것이 당연했다. 그런데 우진이 우려했던 것보다는 안태영과 백기형의 표정이 밝았다.

"섭섭하다기보다는 아쉽고 미안한 감정이 더 큽니다."

"뭐가 미안해?"

"팀에 입단할 당시에 계약금도 많이 받았고, 팀에서 기대도 많이 받았는데, 결국 팀에 별 도움이 못 됐잖아요. 아무것도 한 것 없이 팀을 떠나는 것 같아서 미안해요."

안태영이 솔직한 속내를 털어놓았다. 이어서 백기형도 비교적 밝은 표정으로 말했다.

"다른 선수도 아니고 채승범과 송신원 선수와 트레이드가 됐다니까 기분은 나쁘지 않습니다. 제가 존경하고 좋아했던 선배님들이었거든요."

아까까지만 해도 가시방석에 앉은 것 같은 느낌이었

는데.

두 선수의 밝은 표정을 확인하고서 우진도 조금 편해졌다.

"너희들은 좋은 투수가 될 잠재력이 충분해. 다만 우리 팀에 자리가 모자랐을 뿐이지. 너희들을 원하는 팀으로 옮겨서 마음껏 실력 발휘해 봐!"

"알겠습니다."

"감사합니다."

"너희들이 잘되길 빈다. 이건 진심이야."

이번 트레이드로 청우 로얄스로 팀을 옮긴 안태영과 백기형이 1군 무대에서 맹활약하기를 바랐다.

그래서 설령 트레이드에 실패해서 손해를 보았다는 비난을 받더라도 상관없었다.

기자들과 팬들이 쏟아내는 비난의 집중포화를 받는 것보다 저 두 선수의 앞날이 더 중요했으니까.

"살살 부탁해."

"네?"

"다른 팀과의 대결에서는 인정사정 봐주지 않아도 좋지만 한성 비글스 팀이랑 붙을 때는 살살해 달라고. 그래도 친정이니까."

"그 부탁은 들어드리기 어렵겠는데요."

"더 독하게 할 겁니다."

씨익 웃고 있는 안기영과 백기형의 앞으로 우진이 맥주잔을 내밀었다.

트레이드 마감 시한이 지났다. 신문지상에 여러 선수의 이름이 오르락내리락하며 설왕설래가 오갔던 트레이드 시장은 의외로 한산하게 끝났다.

서로 손해를 보지 않으려는 생각 때문에 가십에 올랐던 트레이드 가운데 성사된 것은 한 건도 없었다.

그래서 한성 비글스 팀과 청우 로얄스 팀 사이에 성사된 이 대 이 트레이드가 더욱 주목을 받았다.

〈트레이드 시장의 최종 승자는 청우 로얄스!〉

마치 기다렸다는 듯이 수많은 기사들이 쏟아졌다. 대부분의 기사들에 적힌 반응은 비슷했다. 이번 트레이드를 통해서 청우 로얄스가 엄청난 이익을 챙겼다고 평가했다. 그 근거는 다음과 같았다.

청우 로얄스를 떠나서 한성 비글스 팀으로 옮기게 된 채승범은 유격수 골든 글러브를 3회나 수상했던 선수였지만 지금은 전성기를 지난 데다가 부상설까지 나돌고 있었다.

그리고 송신원은 한때 은퇴설이 나돌았을 정도로 심

각한 부상을 입고 재활에만 몰두하고 있는 상황이었다.

반면 한성 비글스를 떠나서 청우 로얄스로 팀을 옮긴 안태영과 백기형은 고교와 대학 시절, 인상적인 활약을 펼쳤던 유망주들이었다.

비록 프로 무대에 순조롭게 적응하지 못해서 아직까지는 별다른 활약을 선보이지 못했지만 무한한 잠재력을 가진 젊은 선수들이라는 점은 누구도 부정하지 않았다.

그런 만큼 내년 시즌 청우 로얄스의 전력에 커다란 플러스 요인이 될 거라는 평이 지배적이었다.

"기분 나쁘네요."

아이패드로 트레이드와 관련된 기사들을 쭉 훑어보던 강지영이 미간을 찌푸렸다.

"왜요?"

"내 생일 선물을 자꾸 별로라고 하잖아요."

"객관적으로 봤을 때는 분명히 별로죠. 하지만 가장 중요한 건 선물을 받는 사람의 입장이에요."

"그게 무슨 뜻이에요?"

"말 그대로예요. 가장 의미 있는 선물은 그 선물을 받는 사람에게 가장 필요한 거니까요."

우진의 말이 끝나자 강지영이 의미심장한 눈빛을 던

졌다.

"왜 그렇게 봐요?"

"요새 말솜씨가 부쩍 는 것 같아서요."

"하하, 기자들을 자주 상대해서 그런가. 그나저나 구단주님은 좋아하시겠네요."

"왜요?"

"한성 비글스 팀의 기사가 부쩍 늘어났으니까요."

우진이 했던 예상은 빗나갔다.

구단주실에 도착했을 때, 강균성은 잔뜩 표정이 굳어진 채 컴퓨터 앞에 앉아 있었다.

"왜 그러십니까?"

"날 보고 바보라는군."

"……?"

"직접 보게."

강균성이 직접 확인해 보라며 모니터를 돌려주었다.

사상 최악의 트레이드를 감행한 한성 비글스.

기사 제목부터 신랄한 비난조였다. 그리고 그 기사에 달린 네티즌들의 댓글들도 공격적이었다.

— 감독, 제 정신임?

— 고물상 차리려고 작정한 게 틀림없음.

— 내년도 꼴찌 확정.

— 감독 눈이 삐꾸인 게 확실함. 한성 비글스 팬들이 돈 모아서 라식 수술이라도 시켜줘야 할 듯.

— 감독 욕할 것 없음. 저런 감독하고 계약한 구단주가 바보임.

그 댓글들을 쭉 훑어보던 우진이 입을 뗐다.

"좋네요."

"뭐가 좋단 말인가?"

"잘하면 공짜로 라식 수술도 받을 수 있겠는데요."

"지금 농담이 나오나?"

농담이 나왔다. 그토록 원했던 채승범을 영입한 덕분에 기분이 날아갈 듯 좋았기 때문이었다.

"속도 좋군."

"비난은 잠재우면 됩니다."

"물론 그렇긴 한데."

"구단주님께 바보라는 댓글을 단 사람이 사과하도록 만들어 드리겠습니다."

"자넬 믿고 기다리지. 그럼 명예훼손으로 고소하는 것은 조금 미뤄야겠군."

그제야 강균성이 굳어진 표정을 풀었다. 그렇지만 아직 화가 완전히 풀린 것은 아니었다.

강균성은 좋게 말하면 꼼꼼한 편이었고, 나쁘게 말하면 뒤끝이 심한 편이었다.

그것을 증명이라도 하듯이 자신에게 바보라는 댓글을 단 포털 사이트 유저의 아이디를 수첩에 꼼꼼히 기록해 두는 것을 잊지 않았다.

"윤 팀장이 부득불 찾아오겠다는 걸 억지로 말렸네."

"왜 말리셨습니까?"

"꽤 흥분했더라고. 잘하면 자넬 한 대 칠 기세였거든."

얼굴이 벌겋게 달아오른 채 흥분해서 언성을 높일 윤제균을 떠올리며 우진이 피식 웃었다.

한성 비글스의 스카우트 팀장인 윤제균은 이번 트레이드의 책임에서 자유롭지 못할 터이니 입에 거품을 문 채 흥분하는 게 당연할지 몰랐다.

그리고 반대를 무릅쓰고 트레이드를 강행했으니 앞으로 스카우트 팀장인 윤제균을 비롯해서 구단 프런트와의 사이가 껄끄러워질 것이 틀림없었다.

"아까도 말했지만 난 자네를 믿네. 그렇지만 궁금한 건 어쩔 수 없군. 두 명의 유망주 투수들과 맞바꿀 정도로 채승범이 가치가 있나?"

"구단주님도 인정하지 않으셨습니까?"

"내가? 언제?"

"게임볼에서 채승범 선수를 FA로 영입하면서 20억 원을 안겨주지 않았습니까?"

"그거야… 게임이니까 그랬지."

강균성이 무심코 꺼낸 대답을 들은 우진이 쓰게 웃었다.

게임볼을 통해서 자신의 존재를 알게 되었고, 감독으로 선임했던 강균성마저도 게임볼은 그저 야구 게임일 뿐이라는 생각을 은연중에 품고 있었다. 그러니 다른 사람들의 인식은 대체 어떠할까?

"내가 FA로 영입했던 때는 채승범이 청우 로얄스 팀의 주전 유격수였네. 하지만 지금은 주전 유격수 자리에서 밀려났을 뿐 아니라 나이는 서른다섯이 되었지. 게다가 부상설까지 나돌고 있는 상황이야."

"그 소문이 맞습니다."

"응?"

"부상이 맞습니다. 스티브 블래스 증후군을 앓고 있습니다."

"스티브 블래스 증후군?"

우진이 의아한 시선을 던지고 있는 강균성에게 스티브 블래스 증후군에 대해서 간략하게 설명해 주었다.

그리고 그 설명을 들은 강균성의 낯빛이 어두워졌다.

"그러니까 채승범이 스티브 블래스 중후군을 앓고 있는 걸 알면서도 우리 팀에 데려왔단 말인가?"

"그렇습니다."

"그 이유가 뭔가?"

"우리 팀의 내야 수비를 안정시켜 줄 좋은 유격수가 필요했으니까요."

"하지만 방금 전에……."

"채승범 선수가 앓고 있는 스티브 블래스 중후군을 극복하게 만들 자신이 있습니다."

"어떻게?"

"그건 두고 보시면 압니다."

우진이 확신에 찬 목소리로 말했지만 강균성은 영 마뜩잖은 표정을 지은 채 뭔가 더 말을 하려다가 그만두었다. 어차피 트레이드가 성사된 마당이니 더 말해봐야 소용없다고 판단을 내린 듯 보였다.

"채승범이야 그렇다고 치세. 그런데 송신원은 왜 데려왔나?"

"우리 팀에 필요한 선수니까요."

"자네 돈이 아니라고 막 쓰는 것 아닌가?"

송신원에게 연봉을 지급하는 것은 구단주인 강균성이었다. 그런 만큼 충분히 제기할 수 있는 불만이었다.

팀에 전혀 도움도 되지 않고, 연봉만 축내는 선수를 좋아하는 구단주는 없는 법이었다. 게다가 청우 로얄스 팀을 대신해서 재활 비용까지 지불해야 하는 판국이니 강균성이 마뜩잖아 하는 것은 어쩌면 당연했다.

  "송신원 선수는 재활에 성공할 겁니다."

  "모르는 사람이 들으면 자네가 의사인 줄 알겠군."

  "최악의 경우에 재활에 성공하지 못하더라도 송신원 선수는 팀에 도움이 될 겁니다. 경험이 많은 선수니까요."

  "자네 말대로 되기만 하면 좋겠지만……."

  슬그머니 말끝을 흐리던 강균성이 결국 한숨을 내쉬며 덧붙였다.

  "윤 팀장은 물론이고 배 단장도 화가 머리끝까지 치밀었더군. 자넨 모르겠지만, 밤새 시달렸다네."

  우진이 피곤한 기색이 역력한 강균성의 얼굴을 살폈다. 강균성의 기분이 영 언짢은 데는 역시 이유가 있었다.

  "이건 가정이지만, 만약 자네 말대로 되지 않으면 무척 곤란한 상황에 처하게 될지도 몰라."

  강균성이 걱정하는 것이 무엇인지 짐작이 갔다.

  프로야구 구단의 감독과 프런트는 묘한 관계였다.

  감독이 어떤 결정을 내렸을 때, 프런트가 발 빠르게

움직여서 뒷받침을 잘해주는 것이 가장 이상적인 관계였다.

그러나 대부분의 경우는 그렇게 이상적인 관계로 남지 못하고 삐그덕댔다. 그 이유는 각자의 입장에 따라 의견이 갈리기 때문이었다.

한성 비글스 팀의 구단주인 강균성이 독단에 가까운 선택을 내려 자신을 감독으로 선임하고, 전폭적인 지지를 해준 덕분에 지금까지는 별 탈 없이 넘어갔다.

그러나 만약 트레이드를 해온 채승범과 송신원이 활약을 펼치지 못해서 이번 트레이드가 실패라는 결론이 내려졌을 때는 누군가 책임을 져야 했다. 그리고 프런트는 우진에게 책임을 떠넘기려 할 것이 틀림없었다. 그와 함께 구단 내 프런트의 입김이 더욱 강해질 터였다.

'골치 아프겠군!'

언젠가는 불거질 갈등이고 문제였다. 그러나 우진은 깊이 고민하지 않기로 결정했다. 아직 일어나지도 않은 일 때문에 미리 고민할 필요는 없다는 결론을 내렸기 때문이었다.

지금은 앞으로 나아가야 할 때였다. 혹시 실패할지도 모른다는 두려움 때문에 머뭇거리며 망설일 때가 아니었다.

"어찌 됐든 트레이드가 끝났으니 이제 좀 조용해지

겠군."

강균성이 혼잣말처럼 꺼낸 이야기를 듣던 우진이 바로 정정해 주었다.

"이제 시작입니다."

"응?"

"곧 신인 드래프트도 있고, 내년 시즌에 우리 팀에서 뛸 새로운 외국인 선수들의 영입도 준비해야 합니다. 또 FA 선수 영입 준비도 시작해야 하구요."

물론 이게 다가 아니었다.

내년 시즌을 대비해서 우진이 준비하는 것은 이보다 훨씬 더 많았지만, 모두 알려주었다가는 강균성이 기겁할 것 같아서 일단 굵직한 것만 알려준 것이었다.

그럼에도 불구하고 강균성의 낯빛은 한층 더 어두워져 있었다.

"구단을 제대로 운영하는 건 생각보다 훨씬 더 어려운 일이군."

탄식을 내뱉던 강균성이 창문 밖으로 시선을 돌렸다. 굵직한 빗방울이 떨어지고 있는 것을 확인한 강균성이 말했다.

"비가 꽤 오는군. 오늘은 경기가 취소될 것 같으니 핑계 김에 좀 쉬게. 감독으로 부임한 후로 제대로 쉰 적도 없지 않은가?"

"경기가 없는 날이니 더 바쁠 것 같습니다."

"응?"

"할 일이 많으니까요."

우진의 의욕 넘치는 대답을 들은 강균성이 다시 한숨을 내쉬며 덧붙였다.

"자네가 뭘 한다고 하니 벌써부터 무서워지는군."

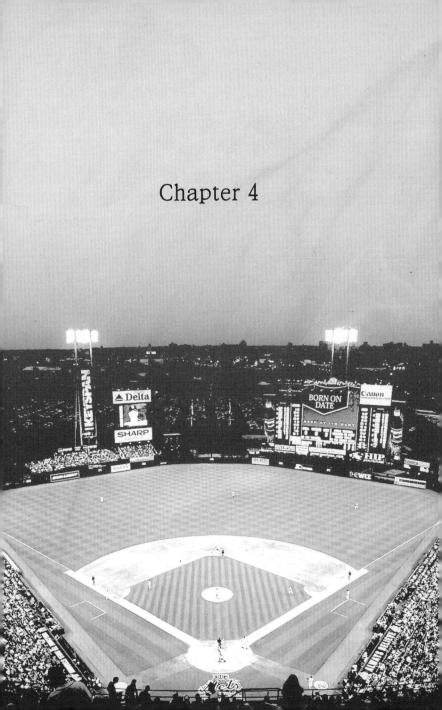

Chapter 4

"원래 남자는 힘든 법이지."

우진이 구단주실에서 강균성과 나누었던 대화를 요약해서 들려주자, 이지승은 씁쓸하게 웃으며 말했다. 그 말뜻을 단번에 이해하지 못한 우진이 이지승에게 다시 물었다.

"무슨 뜻입니까?"

"하긴 자네는 아직 결혼을 안 했으니 내 말뜻을 제대로 알아듣기 힘들겠군. 내가 지금까지 경험한 바에 의하면 프런트와 감독의 관계는 시어머니와 며느리, 즉 고부 관계와 비슷한 면이 존재하네. 구단주가 자신이 원하는 감독을 선임하면 프런트는 마치 며느리를 들인 것 같은 느낌을 받는가 봐. 그래서인지 프런트는 막장 드라마에 자주 등장하는 못된 시어머니처럼 감독을 못살게 굴면서 감독이 하는 일마다 태클을 걸고 넘어지지. 그런데 시어머니와 며느리의 사이가 안 좋으면 누가 가장 힘든 줄 아나?"

우진도 대한민국 국민인만큼 TV만 켜면 등장하는 막장 드라마를 몇 번 본 적이 있었고, 그래서 고부 갈등이 심해질 경우 가장 힘든 것이 누군지 잘 알고 있었다.

"남자죠."

"그래, 구단주도 힘들 거야."

"하지만……."

"프런트를 만만히 여기면 안 되네. 야구계에서 명장이라고 불리웠던 감독들조차도 프런트에 질질 끌려다니기만 하다가 아무것도 해보지 못하고 감독직에서 물러나는 경우가 부지기수니까."

이지승의 충고는 곱씹을 가치가 있었다. 실제로 팬들과 선수들의 기대를 한 몸에 받으며 감독으로 부임한 명장들이 실패하는 이유 중 가장 큰 것이 바로 프런트와의 대립과 갈등이었다.

야구계에 오랫동안 몸담은 채 산전수전 다 겪은 명장

들조차 이런 경우를 겪는데 감독 경험이 일천한 우진의 경우는 더욱 심각했다.

지금이야 구단주인 강균성이 전폭적인 지지를 보내주고 있는 데다가 신임 감독으로 취임한 지 얼마 지나지 않은 덕분에 프런트와의 갈등이 크게 없었다. 그러나 상황은 언제든지 바뀔 수 있는 법이었다.

우진이 감독으로서 내린 결정들이 결과론적으로 실패로 판명나게 될 경우, 잔뜩 웅크린 채 전면에 나설 기회만 엿보고 있던 배재후 단장이 이끄는 프런트가 간섭을 하며 우진과 팀을 흔들어대기 시작할 터였다.

"배재후 단장, 절대로 만만한 자가 아냐. 야심이 넘치는 인물이지."

한성 비글스 팀의 단장인 배재후와는 감독 취임식에서 딱 한 번 본 것이 전부였다.

작은 키에 삐쩍 말라서 날카로운 인상을 풍기던 배재후의 얼굴에서 악의 따위는 찾아볼 수 없었다.

그래서 그 후로 배재후에 대해서는 까맣게 잊고 있었는데.

"어떤 사람입니까?"

이지승의 말을 들으니 신경이 쓰이기 시작했다. 그래서 우진이 질문을 던지자, 이지승의 이마에 굵은 주름이 파였다.

"글세, 어떻게 설명하면 될까?"

이지승이 한참만에야 어렵사리 입을 뗐다.

"전임 감독을 어떻게 생각하나?"

갑자기 전임 감독에 대한 이야기를 꺼내는 이지승의 저의를 파악하기 힘들었다. 그래서 살짝 당황했지만, 우진은 전임 감독에 대한 평가를 솔직히 꺼내놓았다.

"실패했다고 생각합니다."

우진이 감독으로 취임하기 전까지 한성 비글스 팀을 맡아서 2년 가까이 이끌었던 전임 감독 유대균은 실패한 감독이었다.

다른 건 다 젖혀 두고 그가 감독을 맡고 있었던 2년간 한성 비글스 팀이 계속 꼴찌를 도맡았다는 것이 유대균이 실패한 감독이라는 증거였다.

그리고 이지승도 고개를 끄덕여 우진의 의견에 동조했다.

"분명히 실패했지. 그런데 유대균 감독이 한성 비글스 팀 이전에 어느 팀을 맡았는지 알고 있나?"

"대학 팀을 맡아서 지도한 걸로 알고 있습니다."

"그래, 송일대학교의 감독을 맡았었지. 그가 송일대학교의 감독을 맡았을 당시의 성적을 알게 된다면 아마 깜짝 놀랄걸. 승률이 무려 9할에 가까웠지."

"9할… 이요?"

"그래, 놀랐지? 유대균이 감독으로 있는 동안 송일대학교는 거의 모든 대회들을 휩쓸다시피 했었네. 그런데 더 놀라운 게 뭔지 아나?"

"……?"

"유대균이 부임하기 전까지 송일대학교는 전국 대회 4강에 한 번도 들어본 적이 없었던 팀이었다는 것이지. 그런데 유대균이 감독으로 부임한 지 불과 2년 만에 대학 야구 최강 팀이 되었어. 한마디로 기적 같은 일이었지. 사람들이 그에게 '마법사'라는 별명까지 붙여주었을 정도였다네."

우진이 놀람을 감추지 못한 채 기억 속에 남아 있던 유대균의 모습을 떠올렸다.

경기가 시작된 후 끝날 때까지 마치 인형처럼 감독석에만 앉아 있던 유대균은 투수 교체 타이밍도 자주 놓쳤고, 팀이 연패에 빠져 있음에도 분한 표정을 짓는 대신 허허 웃었다.

그래서 무능하기 그지없는 감독이라고 여겼었는데, 그 판단은 잘못된 것이었다.

"그런데 왜……?"

유대균에 대해서 다시 질문을 던지려던 우진이 슬그머니 말끝을 흐렸을 때였다. 이지승이 흐릿하게 웃으며 덧붙였다.

"그렇게 대단한 사람이 대체 왜 한성 비글스 팀에서 실패했느냐고 묻고 싶은 거겠지?"

이지승은 자신의 속마음을 모두 꿰뚫어보고 있었다. 그래서 우진이 더 감추지 않고 고개를 끄덕이자 이지승은 대답 대신 오히려 질문을 던졌다.

"왜 실패했다고 생각하나?"

"그건… 무대가 달랐기 때문이라고 생각합니다."

"무대가 달랐다?"

"대학 야구와 프로야구는 다르니까요."

대학 야구와 프로야구는 많이 달랐다. 경기 수, 일정, 대회 진행 방식, 용병 제도 등등. 워낙 다른 점이 많아서 일일이 열거하기 힘들 정도였다.

그리고 대학 야구를 평정했던 유대균 감독이 실패한 이유가 이 차이를 극복하지 못했기 때문이라고 우진은 판단했다. 하지만 이지승은 생각이 달랐다.

"그것도 실패의 원인들 중 하나가 될 수 있겠지. 하지만 내가 보기에 유대균 감독이 실패한 가장 큰 원인은 프런트와의 갈등 때문이었네. 좀 더 정확히 말하면 배재후 단장과의 갈등이었지."

"그렇게 판단하신 근거가 있습니까?"

"소문을 들었지."

"소문이라면……?"

"재작년 신인 드래프트 지명 문제 때문에 프런트와 갈등이 심했다는 소문이 돌았어. 유대균은 자신이 지도했던 송일대학교 출신 선수들을 중점적으로 지명하려고 했는데 배재후 단장이 강하게 반대하고 나섰던 거지. 그리고 스카우트 팀이 작성한 보고서를 기준으로 선수를 지명하라고 지시했지."

"그건 지나친 간섭이 아닙니까?"

선수 선발과 기용은 감독 고유의 권한이었다. 그런데 프런트가 나서서 감 놔라 배 놔라 하는 것은 아무리 생각해도 월권이었다.

"그래, 지나친 간섭이지. 하지만 유대균 감독은 그 지시를 거부하지 못했네."

"왜요?"

"성적이 나빴으니까."

"……."

"성적 부진에 대한 1차 책임은 감독에게 있지. 그로 인해 감독의 힘이 약해지자 프런트의 입김이 강해진 거지."

"흐음!"

우진이 긴 탄식을 토해냈다.

게임볼은 무척 단순했다. 감독이 구단주는 물론이고 프런트의 역할까지 도맡았으니까.

하지만 진짜 프로야구 감독은 우진의 예상보다 훨씬 복잡했다. 오죽했으면 게임볼 감독을 하던 시절이 그리울 지경이었다.

그렇지만 우진에게는 믿는 구석이 있었다. 프런트와의 갈등이 벌어질 수도 있다고 예측했기에, 계약 당시 구단주인 강균성에게서 전권을 위임하겠다는 약속을 받아두었던 것이었다.

"그나마 다행이군!"

우진이 전권을 위임받았다는 얘기를 꺼내자 이지승의 표정도 밝아졌다. 그러나 여전히 걱정스러운 기색을 완전히 지우지는 못했다.

"어차피 계약서는 종이 쪼가리일 뿐이네. 허점을 찾고자 하면 못 찾을 게 없지. 더 중요한 건 구단주의 신임이네."

"아직까지는 구단주님의 신임을 얻고 있습니다."

"방심하지 말게."

"……?"

"유대균 감독을 한성 비글스 팀으로 데려왔던 것도 현 구단주였네. 유대균 감독이 여러 번 한성 비글스 팀의 감독직을 고사했지만 삼고초려 끝에 파격적인 대우를 약속하고 감독으로 선임했었지."

이건 우진이 전혀 몰랐던 이야기였다. 그리고 이지승

에게서 이 얘기를 듣는 순간, 등골이 서늘해졌다.

"딱 한 명만 정리한다면 누굴 정리할 텐가?"
"감독입니다!"

한성 비글스 팀의 감독을 맡기 전, 강균성을 만나서 구단주 관람석에서 나누었던 대화가 문득 떠올랐다. 당시에 우진은 한성 비글스 팀이 나아지기 위해서는 감독을 교체해야 한다고 주장했었다. 그리고 그 대화를 나눈 지 채 하루도 지나지 않아서 당시 한성 비글스 팀의 감독이었던 유대균은 저조한 팀 성적을 빌미로 해임당했다. 그때만 해도 유대균이 무능했던 탓이라고 여겼는데.

"효용 가치가 없다는 판단이 들자마자 구단주에게 버려진 거지."

이지승의 말이 옳았다. 비록 프런트를 이끌고 있는 단장과 심각할 갈등을 빚긴 했지만 결국 전임 감독인 유대균을 해고한 것은 구단주인 강균성이었다.

"한마디로 정리하면 이혼당한 거지."
"이혼… 요?"
"그래, 이혼! 고부 갈등이 불거졌을 때 불리한 건 늘 며느리 쪽이지. 그 이유가 뭔지 알고 있나?"

"글쎄요."

"간단해. 피가 섞이지 않았기 때문이야. 혈연관계로 묶이지 않았기에 부부는 언제든지 갈라서서 남이 될 수 있지. 하지만 모자 관계는 그렇게 간단히 남이 될 수 없네. 설령 사이가 틀어진다고 해도 모자지간이란 것은 변하지 않지."

고부 갈등에 빗대서 설명해 준 덕분에 이해가 쉬웠다. 그래서 우진이 한숨을 내쉬고 있을 때, 이지승이 다시 충고를 건넸다.

"자네가 할 일이 뭔지 알려줄까?"

"대충… 알 것 같습니다. 좋은 성적을 내야죠."

결국 우진이 이끄는 한성 비글스 팀의 성적이 좋으면 다 해결될 문제였다.

그래서 우진이 대답하자, 이지승이 희미하게 고개를 끄덕였다.

"가장 쉬운 방법이지만, 가장 어려운 방법이기도 하지. 성적이라는 건 뜻대로 되지 않으니까. 그래서 다른 방법도 강구해 두어야 하네."

"그게 뭡니까?"

우진이 귀를 기울이자 이지승이 조언했다.

"구단주의 신임이 있을 때, 자네 편을 가능한 많이 만들어두게."

끼이익. 붉은색으로 바뀐 신호등을 확인한 장태준이 브레이크를 밟았다.

"만약 지방으로 내려갔으면 나 진짜 오빠랑 헤어지려고 했어. 우리 오늘 뭐 할까? 백화점 갈까?"

조수석에 앉아서 손거울을 꺼낸 채 파우치를 찍어 바르느라 여념이 없는 상미를 힐끗 살핀 장태준이 미간을 찡그렸다.

지금 입고 있는 하늘색 원피스도, 무릎 위에 올려져 있는 명품 가방도, 심지어 지금 얼굴에 찍어 바르고 있는 파우치까지도 모두 자신이 백화점 명품관에서 사준 것들이었다.

그런데 또 백화점에 가자고 조르고 있는 상미를 보고 있자니 슬슬 화가 치밀었다.

"백화점 갔다가 뭐 할까?"

"맛있는 거 먹자. 나 테라스 가든에서 스테이크 먹고 싶어."

"그다음에는?"

"술 한잔할까? 지난번에 갔던 와인 바 괜찮지 않았어? 난 화이트 와인보다 레드 와인이 좋더라. 이번엔 사또 딸보로 마시자."

손거울을 바라보면서 술술 이야기를 꺼내놓는 상미에

게 장태준이 물었다.

"돈은 있냐?"

"돈? 지갑에 몇천 원 있을걸. 왜? 톨비 낼 현금 안 가지고 왔어?"

"돈도 없이 백화점 가고, 스테이크 먹고, 와인 바 가서 사또 딸보 마시려고?"

"내가 돈이 왜 필요해? 오빠가 있는데."

마치 당연하다는 듯이 말하는 상미를 보던 장태준이 참지 못하고 소리를 질렀다.

"야, 내가 현금인출기냐?"

"뭐?"

"그만두자."

"뭘 그만둬?"

"헤어지자고."

제대로 말귀를 알아듣지 못한 상미가 파우치를 볼에 두드리는 것을 멈추고 두 눈을 연신 깜박였다.

"오빠, 방금 헤어지자고 그랬어?"

"그래."

"왜?"

"그냥."

"기가 막혀서. 갑자기 헤어지자고? 그것도 그냥?"

잔뜩 흥분한 채 소리를 지르고 있는 상미에게 장태준

이 덧붙였다.

"재미없다."

"뭐가? 내가?"

"그래, 너 재미없다."

"진짜 어이가 없어서. 오빠는 엄청 재미가 있어서 내가 만나준 줄 알아?"

"그러니까 헤어지자고."

콧김을 씩씩 내뿜던 상미가 다시 소리를 질렀다.

"차 세워."

장태준이 갓길에 차를 세우자마자 상미가 차에서 내렸다.

"분명히 후회할 거야."

쾅 소리 나게 차문을 닫고 내린 상미가 시야에서 사라졌다. 어차피 심심풀이로 만났기 때문일까? 상미와 헤어졌지만 아무런 감정의 동요도 느껴지지 않았다.

별로 아끼지 않았던 장난감, 그래서 있는지 없는지도 가물가물한 장난감들 가운데 하나를 잃어버린 느낌이었다.

갓길에 차를 세운 채 장태준이 담배를 꺼내 물고 불을 붙였다. 뿌연 연기를 내뿜으며 장태준이 중얼거렸다.

"이제 뭘 하지?"

딱히 할 일도 없었고, 하고 싶은 것도 없었다. 기분

탓인지 오늘따라 담배도 맛이 없었다. 한참을 고민하던 장태준이 다시 차를 출발시켰다.

그리고 장태준이 도착한 곳은 훈련장이었다. 경기가 없는 날, 훈련장을 찾은 게 얼마만인지 기억도 제대로 나지 않았다.

"나오셨어요?"

"나오셨습니까?"

훈련장에 나타난 자신을 발견한 어린 선수들이 인사를 하며 의아한 시선을 던지는 것이 그 증거였다. 쓰게 웃던 장태준이 백병우를 발견하고 걸음을 옮겼다. 유니폼이 땀으로 흠뻑 젖어 있는 백병우는 장태준이 곁에 다가갔음에도 알아채지 못하고 타격 훈련에 열중하고 있었다.

"뭘 그렇게 열심히 해?"

"아, 언제 나오셨어요?"

장태준이 말을 걸고 나서야 방망이를 멈춰 세운 백병우가 환하게 웃으며 인사를 건넸다.

"좋아 보인다."

"네?"

"웃는 게 좋아 보인다고."

이건 진심이었다. 구슬땀을 흘리면서 환하게 웃고 있는 백병우는 부러울 정도로 좋아 보였다. 그리고 문득 궁금해졌다.

"넌 무슨 재미로 사냐?"

"네?"

"재있는 게 있으니까 그렇게 웃고 있는 거 아냐?"

"재있는 거야 많죠. 유빈이 크는 것 보는 것도 재있고, 아, 유빈이는 제 아들입니다. 얼마 전부터 걸음마를 시작했어요. 좀 컸다고 이젠 말도 좀 늘었어요. 그리고 아내가 해주는 밥 먹으면서 이런저런 대화하는 것도 재있구요. 요새는 야구에 대해서 공부하더니 잔소리가 부쩍 늘었어요. 코치님들보다 더 날카롭게 지적할 때도 있다니까요."

가족 이야기를 하며 웃는 백병우가 부러웠다. 그래서 장태준이 중얼거렸다.

"나도 결혼이나 일찍 할 걸 그랬나?"

"선배님은 결혼을 늦게 하신 대신 일찍 자리 잡고 성공하셨잖아요."

"성공?"

"네, 성공하셨죠."

장태준이 슬쩍 미간을 찌푸렸다. 억대 연봉을 받으면서 성공했다고 생각한 적이 있었다.

하지만 이젠 아니었다. 지금 마주한 채 대화를 나누고 있는 백병우에게 4번 타자 자리를 빼앗긴 것이 그 중거였다.

"그래도 제일 재밌는 건 야구예요."

"응?"

"요새는 야구를 할 때가 제일 재밌어요."

백병우가 꺼낸 말을 들은 장태준은 둔기로 뒤통수를 얻어맞은 것 같은 충격을 받았다.

백병우는 프로야구 선수였다. 야구를 하는 게 재미있고, 야구를 할 때 가장 행복해야 하는 게 어쩌면 당연한 일이었다.

그런데 어느 순간부터 장태준에게는 그게 당연한 일이 아니게 되었다.

"야구를 할 때가 제일 재밌다?"

백병우가 한 말을 되뇌던 장태준이 라커룸을 향해 걸음을 옮기기 시작했다.

오래간만에 만난 최민우는 회사를 다닐 때와는 많이 달라져 있었다. 우선 피부가 하얗게 변했고, 은테 안경을 쓰고 있었다. 마치 골방에 틀어박혀서 고시 공부 하는 사람처럼 느껴질 정도였다.

"많이 피곤해 보이시네요."

그래서 전혀 알지 못하는 야구판에 최민우를 끌어들인 것에 미안한 마음이 들었다. 그러자 최민우는 기다렸다는 듯이 엄살을 부렸다.

"아주 죽을 지경이다."

"그 정도였어요?"

"예전에 이렇게 공부를 했으면 서울대를 가고도 남았을 텐데. 아니, 고시도 문제없었을 것 같아. 고시 합격해서 로펌 들어가서 잘나가는 변호사 돼서 돈 걱정 없이 펑펑 쓰면서 살 수도 있었을 텐데."

최민우가 한껏 엄살을 부릴 때, 최민우의 아내인 강미연이 술안주로 끓인 해물탕을 식탁 가운데 놓으며 끼어들었다.

"엄살 부리지 말아요. 당신이 선택한 거니까."

"뭐, 그렇긴 하지."

"그리고 재밌어 죽으려고 하면서."

강미연의 핀잔을 들은 최민우가 환하게 웃었다. 그 웃음을 마주하고서 불편했던 우진의 마음이 조금 편해졌다.

"어떠셨어요?"

최민우의 술잔에 소주를 채우면서 우진이 물었다. 단번에 그 술잔을 비운 최민우가 웃으며 대답했다.

"처음에는 진짜 고생했다. WAR 알지? 그게 진짜 전쟁이란 뜻이라고 생각해서 한참을 헤맸다. 야구가 워낙 치열해서 전쟁 같다는 뜻인가 하는 생각까지 했다니까."

최민우의 이야기를 들은 우진이 쓰게 웃었다.

WAR. Wins Above Replacement의 약자인 WAR은 대체 선수에 비해서 얼마나 많이 승리에 기여했는가를 나타내는 수치였다.

간단하게 설명해서 한 선수의 WAR 수치가 6.1이라면 그 선수가 평범 이하의 실력을 갖춘 대체 선수에 비해서 팀에 6승 정도를 더 안겨주었다는 것을 뜻했다.

"고생하셨겠네요."

우진은 최민우에게 코치를 맡기기로 결정했었다. 그리고 그 전에 최민우에게 부탁했던 것이 바로 야구에 대해 공부하라는 것이었다.

자동차 회사 영업 사원이었던 최민우가 갑자기 코치로 부임했을 경우 다른 코치진이나 선수들에게 무시당할 확률이 높다고 판단했기 때문이었다. 다행히 최민우는 기꺼이 야구에 대한 공부를 시작했다.

"그동안 얼마나 열심히 공부하셨는지 어디 한 번 확인해 볼까요? 세이버메트릭스는 아시죠?"

"그래, 세이버메트릭스 때문에 골치 좀 썩었지."

세이버메트릭스(Sabermetrics)는 오랫동안 쌓인 통계를 이용해서 선수의 재능을 평가하고자 하는 작업이었고, 이 분야의 전문가들을 세이버메트리션이라 불렀다. 가장 유명한 세이버메트리션으로는 빌 제임스가 있었다.

실제로 브래드 피트가 주연으로 출연했던 유명한 야구 영화인 '머니볼'에서도 빌 제임스의 이론이 사용됐다.

그리고 빌 제임스에 따르면 세이버메트릭스의 정의는 야구에 대한 객관적 지식을 쌓는 연구였다.

"세이버메트릭스상 내년 시즌에 한성 비글스 팀에서 가장 큰 공헌을 할 선수가 누구일까요? 그리고 만약 라인업에 변동이 없을 경우 내년 시즌 한성 비글스 팀의 예상 성적은 어떻게 될까요?"

우진의 질문에 최민우가 대답을 미루고 빈 소주잔을 매만졌다.

처음엔 너무 어려운 문제여서 대답을 망설인다고 여겼는데, 그게 아니었다.

"솔직히 말해도 돼?"

"그럼요."

"우선 첫 번째 질문에 대한 대답은 백병우 선수야. 하지만 백병우에 대한 자료가 너무 부족해.

너도 알겠지만 세이버메트릭스에 의한 예측은 축적된 통계 자료가 많을수록 더 정확한 법이니까."

"두 번째 질문에 대한 답은요?"

"꼴찌!"

최민우에게서 돌아온 대답을 들은 우진이 쓰게 웃었다. 눈치를 살피던 최민우가 조심스럽게 물었다.

"기분 나빠?"

"전혀요. 그게 정답인데요, 뭘."

현재 한성 비글스 팀의 라인업을 바탕으로 세이버메트릭스에 의거한 예측 순위는 10개 구단 가운데 10위였다.

그건 이미 우진도 알고 있는 상황. 이 예측 결과를 바꾸는 것이 우진에게 주어진 역할이었다.

"쉽지 않은 일을 맡았네."

야구에 대해서 조금 알게 되어서일까? 최민우는 우진이 맡은 한성 비글스의 감독이 얼마나 어려운 자리인지 알게 된 듯했다.

"골치 아픈 얘긴 그만해요. 형수님이 끓여주신 해물탕 정말 맛있네요."

"남편 상사 방문이라고 와이프가 신경 많이 썼지. 잘 찾아봐. 전복도 몇 마리 들어 있을 거야."

"전복요? 어쩐지 맛있더라."

잘게 잘린 전복을 입속에 넣으며 우진이 말했다.

"이렇게 둘이 마주 앉아서 소주 마시고 있으니까 옛날 생각나네요."

"그래."

"회사 사람들하고는 가끔씩 연락 주고받아요?"

"미스 송, 기억나지?"

"송지은 씨요?"

"그래, 우리 부서 대표 미녀 송지은. 내 기억으로는 미스 송이 너한테 호감 가지고 있었는데."

"누가요? 지은 씨가요?"

"그래."

"설마요."

"설마가 아냐. 네가 눈치가 없어서 알아채지 못한 거지."

최민우가 확신에 찬 목소리로 말했다. 어쩌면 그럴 수도 있었겠다는 생각이 들었다.

당시의 우진은 여자에 대해 전혀 몰랐으니까. 아니, 지금도 여자에 대해서 모르는 건 마찬가지여서 강지영에게 핀잔을 듣기 일쑤였다.

"어쨌든 미스 송이 요즘은 회사 생활할 맛 난다더라."

"왜요?"

"조일출 부장이 기가 팍 죽었대. 예전처럼 찝쩍대지도 않고, 잔소리도 많이 줄었다더라."

조일출이라는 이름을 듣는 것도 오래간만이었다. 그리고 불과 한 달여밖에 흐르지 않았는데도 마치 아주 오래전 일처럼 느껴졌다.

"조일출 부장 때문에 선배가 고생이 많네요."

"그건 너도 마찬가지지. 아주 어려운 자리에 앉았으니까."

잠시 다른 방향으로 흘렀던 이야기는 마치 당연한 것처럼 다시 야구로 돌아왔다.

그리고 소주잔을 비운 최민우가 그간 묻고 싶었지만 꾹 참고 있었던 질문을 꺼냈다.

"하나만 묻자. 대체 날 코치로 영입하려는 이유가 뭐냐? 회사에서 잘린 게 불쌍해서? 아니면, 미안해서?"

"둘 다 틀렸어요."

"그럼?"

"선배가 필요해서였어요. 선배는 내가 갖지 못한 것을 갖고 계셨거든요."

"그게 뭔데?"

그 질문에 바로 대답하는 대신, 우진은 술잔을 입으로 가져가며 참혹한 실패로 점철됐던 예전 기억을 더듬었다.

일기예보에 의하면 한낮의 최고 기온은 35도였다. 야외 활동을 자제하라는 권고가 있었을 정도로 더웠고, 뙤약볕은 강렬하게 내리쪼였다.

그늘을 찾을 수 없는 운동장은 열기로 달궈질 대로

달궈져 있었고, 가만히 서 있기만 해도 땀이 줄줄 흘러내릴 정도였다. 하지만 우진은 훈련을 멈추지 않았다.

까앙. 까앙. 우진이 휘두르는 알루미늄 방망이에 공이 맞아 나가는 강렬한 소리가 뜨겁게 달궈진 운동장에 울려 퍼졌다.

공이 바닥에 닿아 튕길 때마다 뿌연 먼지가 피어올랐고, 그 공을 잡기 위해서 각자 수비 위치에 서 있던 선수들이 가쁜 숨을 내쉬며 바쁘게 뛰어다녔다.

유니폼은 물론이고 모자까지 땀에 푹 젖은 채 공을 쫓는 선수들의 모습은 안쓰러울 지경이었다.

그렇지만 우진은 평고를 멈추지 않았다.

이제 전국 대회까지 남은 시간이 얼마 없었다. 지금 주전으로 나서고 있는 원한 고등학교 3학년 선수들이 대학에 진학하기 위해서는 성적이 필요했다.

이 선수들이 대학 팀 스카우트들의 관심과 주목을 끌기 위한 최소한의 필요조건은 전국 대회 4강 진출. 지금은 한눈팔 때가 아니었다.

오직 전국 대회 4강이라는 하나의 목적만을 바라보며 앞으로 달려 나가야 할 때였다.

그리고 그것을 위해서는 실전과 다름없는 강한 훈련이 필수 조건이었다. 훈련 때 땀을 흘린 만큼, 좋은 성적을 거둘 수 있을 테니까.

우진이 소매를 들어 이마에 맺힌 땀을 훔쳤다. 그리고 다시 알루미늄 방망이를 휘둘렀다.

유격수 쪽으로 날아가는 강한 타구. 그런데 스텝을 밟으며 공을 쫓아야 할 유격수가 움직이지 않았다.

풀썩. 공이 텅 빈 내야를 빠져나가는 것을 확인한 우진의 이마에 주름이 깊게 파였다.

원한 고등학교의 주전 유격수를 맡고 있는 한결이가 바닥에 쓰러졌다. 아이들이 동요하며 쓰러진 한결이에게 달려가는 것을 확인한 우진이 소리를 질렀다.

"전부 동작 그만! 자기 자리 지키지 못해?"

"감독님, 하지만……."

"지시대로 해. 병수, 네가 한결이 업고 양호실에 데려다줘. 한결이 자리에는 종호가 들어간다. 자, 얼른 준비해."

한낮의 무더위 아래서 이어지는 훈련을 이기지 못하고 한결이가 쓰러졌지만 우진은 펑고를 멈추지 않았다. 전국 대회에 나가서 4강 이상의 성적을 거두기 위해서는 그게 최선이라는 판단을 내렸기 때문이었다. 하지만 아이들의 생각은 달랐다.

"이건 좀 아닌 것 같습니다."

2루수를 맡고 있는 경태가 글러브를 벗었다. 그리고 경태를 시작으로 다른 내야수들도 일제히 글러브를 벗어 던졌다.

"지금 뭣들 하는 거야?"

우진이 언성을 높였지만 아이들은 벗어 던진 글러브를 다시 집어 들지 않았다.

대신 2루수인 경태의 곁으로 몰려들었다.

"뭐가 문제야?"

"한결이가 쓰러졌습니다. 그런데도 훈련을 계속하는 건 너무한 것 아닙니까?"

"그래서 다 같이 쉬자는 거야?"

"한결이가 괜찮은지 확인하고 나서, 한결이가 운동장에 돌아오고 나서 다시 시작해도 되는 것 아닙니까?"

그동안 쌓였던 불만이 한꺼번에 터져 나온 걸까? 경태를 주축으로 한 아이들은 쉽게 물러나지 않았다.

까맣게 그을린 얼굴로 대드는 경태와 아이들을 상대하던 우진도 머리 꼭대기까지 화가 치밀었다.

"전국 대회가 며칠 남았는지 알아? 전부 대학 안 갈 거야?"

이 아이들은 일찌감치 야구를 선택했다. 그리고 야구를 계속하기 위해서는 대학에 진학해야 했다.

하지만 아이들은 우진의 애타는 마음을 전혀 알아주지 않았다.

"이건 우리가 원하던 야구가 아닙니다."

"뭐라고?"

"이런 야구 싫다고요."

"그게 무슨 헛소리야?"

"감독님 때문에 야구가 재미없어졌어요."

경태가 앞장서서 아이들을 끌고 운동장을 빠져나갔다.

우진은 그 아이들을 붙잡을 생각도 하지 못하고 한참을 멍하니 서 있었다.

"야구가 재미없어졌어요."

경태가 악을 쓰듯 뱉은 말이 우진의 귓가를 떠나지 않고 계속해서 맴돌았다

"네 잘못이 아니었잖아."

최민우가 위로하듯 조심스럽게 말을 꺼냈다. 하지만 우진은 웃을 수 없었다.

이제 와서 잘잘못을 따지는 것은 중요치 않았다.

결국 실패로 끝났다는 결과가 중요했다.

아이들의 항명 사태로 인해서 원한 고등학교는 전국대회에 나가보지도 못했다. 당연히 원한 고등학교 야구부에 속해 있던 아이들은 단 한 명도 대학에 진학하지

못했다.

"아이들이 잘되길 바라는 마음 때문에 내가 너무 몰아붙였어요."

"네 입장에서는 충분히 그럴 수 있었어. 아니, 당연히 그랬어야 했지. 아이들이 너무 어려서 뭐가 중요한지 몰랐던 거야."

"아직도 그 아이들한테는 미안한 마음을 갖고 있어요."

"어쩔 수 없었어. 그러니까 이제 그만 잊어버려."

최민우가 소주병을 들어 빈 술잔을 채워주면서 충고했지만 우진은 쉽게 잊어버릴 수 없었다.

아이들을 대학에 진학시켜서 계속 야구를 할 수 있게 만들어줘야 한다는 생각에 갇혀서 혼자 마음이 급했었다.

좀 더 친절하게 목표에 대해서 설명을 해주고, 같은 목표를 향해 달려갔으면 상황이 달라질 수도 있었을 거란 후회가 여전히 남아 있었다.

"나는 실패했어요."

우진이 소주잔을 들어 입속에 털어 넣었다. 기분 탓인지 유난히 쓰게 느껴지는 소주를 꿀꺽 삼킨 우진이 덧붙였다.

"실패를 되풀이하고 싶지 않아요."

"……."

"그래서 선배가 필요했어요."

최민우가 불쌍해서도, 최민우에게 미안해서도 아니었
다.

야구에 대해 아무것도 모르는 최민우에게 한성 비글
스 팀의 코치를 맡기려는 이유는 바로 이것 때문이었
다.

"무슨 소리야?"

"아까도 얘기했지만 선배는 내가 갖지 못한 걸 갖고
있어요."

"그게 뭔데?"

"내가 회사에 입사하고 적응하지 못해서 힘들어 할
때, 선배는 날 따뜻하게 감싸줬어요. 그 덕분에 힘든 회
사 생활을 버틸 수 있었죠."

"그건… 선배라면 누구나 그렇게 하는 거야."

"아니요. 진심으로 후배를 그렇게 감싸줄 수 있는 사
람은 별로 없어요."

겸연쩍은 표정을 짓고 있는 최민우에게 우진이 덧붙
였다.

"내년 시즌에 한성 비글스 팀의 목표는 우승이에요.
그리고 그 목표를 달성하기 위해서 난 그 시절처럼 선
수들의 입에서 단내가 날 정도로 훈련을 시킬 거예요.

그래야 실전에서 이길 수 있으니까."

"하지만……."

"물론 실패를 반복하지 않기 위해서 노력할 거예요. 하지만 나도 모르는 순간, 또 혼자 마음이 급해져서 선수들을 다그칠 때가 있을 거예요. 그때 선배가 날 막아 주세요."

우진이 원하는 것이 무엇인지 알아들은 최민우가 희미하게 고개를 끄덕였다.

"해볼게."

"고마워요. 그리고 선수들은 덩치만 큰 중학생들이나 마찬가지니까 선배가 잘 다독여 주세요."

우진이 술잔을 들자 최민우가 잔을 부딪혔다. 팔팔 끓던 해물탕은 미지근하게 식었지만 여전히 맛있었다.

그리고 해물탕을 숟가락으로 떠서 먹다 보니, 문득 강지영의 얼굴이 떠올랐다.

'지영 씨가 해물탕을 끓일 줄 알려나?'

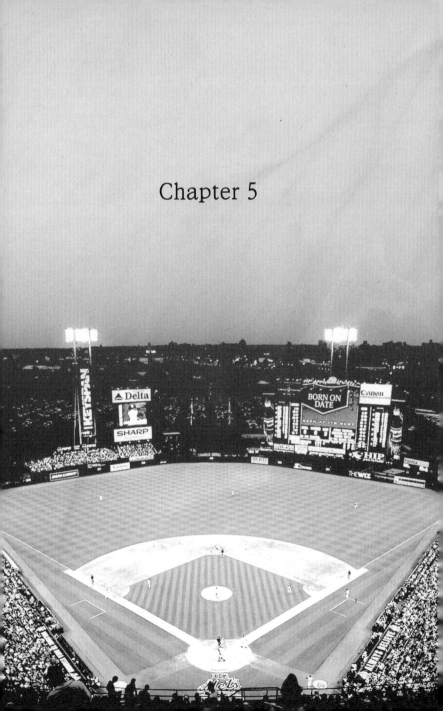

Chapter 5

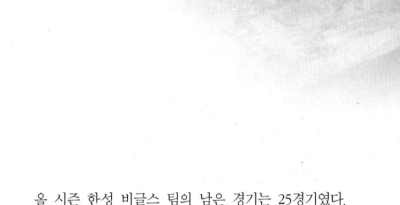

올 시즌 한성 비글스 팀의 남은 경기는 25경기였다. 지금까지 119경기를 치른 가운데 한성 비글스 팀의 전적은 50승 3무 66패였다.

현재 리그 1위를 달리고 있는 대승 원더스와의 경기 차는 무려 19경기. 그리고 가을 야구의 마지노선인 4위 팀과의 경기 차도 8경기였다.

"지금 4연승을 거두고 있지 않나? 이러다가 15연승 정도 달려서 기적적으로 올해 가을 야구에 진출할 수도 있지 않은가?"

구단주인 강균성은 은근슬쩍 기대를 내비쳤지만, 야구를 몰라서 하는 말일 뿐이었다. 올 시즌 남아 있는 25경기에서 한성 비글스 팀이 전승을 거두고 4위 경쟁을 치열하게 펼치고 있는 팀들이 갑작스러운 난조에 빠져서 5할에 한참 못 미치는 전적을 거둔다면 강균성의 기대대로 가을 야구 진출이 아주 불가능한 것은 아니었다. 그렇지만 말 그대로 희망 사항일 뿐이었다.

불가능한 미션. 현실적으로 한성 비글스 팀이 노려볼 수 있는 것은 가을 야구 진출이 아니라 탈꼴찌였다.

리그 10위인 한성 비글스 팀과 리그 9위를 달리고 있는 삼산 치타스 팀과의 경기 차는 3경기였다. 3경기의 격차를 따라잡는 데 평균 두 달이 필요하다는 야구계의 속설대로라면 탈꼴찌도 결코 쉬운 것이 아니었다. 게다가 남은 경기 일정도 한성 비글스 팀을 도와주지 않고 있었다.

남은 25경기 가운데, 현재 상위권에 속해 있는 팀들과의 맞대결이 15경기나 있었다. 가을 야구 진출과 플레이오프 직행을 위해서 치열한 순위 다툼을 벌이고 있는 상위권 팀들의 경우 매 경기 전력을 다할 터였고, 당연히 쉽지 않은 승부가 될 것이었다.

"그래도 아직 포기하기는 이르지!"

4연승을 달리며 상승세를 타고 있는 한성 비글스는 오늘부터 리그 4위를 달리고 있는 여울 데블스와 3연전을 펼친다. 2년 연속으로 가을 야구에 진출했고, 재작년에는 한국시리즈까지 진출해서 아쉽게 준우승을 거두었던 여울 데블스는 강팀이었다. 게다가 현재 5위를 달리고 있는 교연 피콕스는 물론이고, 6위인 청우 로얄스도 호시탐탐 4위 자리를 노리고 있는 상황인만큼, 매 경기가 결승전이나 마찬가지였다.

"최상의 라인업이로군!"

여울 데블스의 감독인 김희태가 들고 나온 라인업을 확인한 우진이 쓰게 웃었다. 어느 정도 예상은 했지만, 여울 데블스는 현재 출전이 가능한 선수들 가운데 최상의 라인업을 짜서 경기에 내보냈다.

올 시즌 12승을 거두고 있는 외국인 투수이자 1선발인 크루즈를 시작으로 한성 비글스와의 3연전에 1선발부터 3선발까지 모두 출격시키는 것만 봐도 김희태가 이번 3연전을 얼마나 중요하게 생각하는지 알 수 있었다.

여울 데블스와의 3연전 가운데 1차전을 앞둔 한성 비글스 팀의 라인업에는 한 가지 변화가 생겼다. 그동안 주전 유격수로 뛰었던 장기형이 빠지고, 트레이드를 통해 청우 로얄스에서 한성 비글스로 팀을 옮긴 채승범이 유격수로 나선 것이었다.

선발투수는 윤경만. 1군 승격 후 선발로 나섰던 첫 경기에서 호투를 펼치며 승리투수가 됐던 윤경만은 의욕을 불태웠다.

"오늘은 약속대로 꼭 완봉하겠습니다."

"그래주면 고맙지."

우진이 픽 웃으며 대답했지만, 속내는 달랐다. 오늘 경기에서 윤경만은 고전할 가능성이 높은 만큼, 퀄리티 스타트만 해줘도 대만족이었다.

"못 믿으시나본데 한번 두고 보세요."

각오를 다지며 마운드를 향해 걸어 나가는 윤경만을 격려하기 위해서 우진이 박수를 쳐 주었다.

트레이드와 은퇴.

야구 인생의 갈림길에 선 순간, 채승범은 고민에 빠졌다. 둘 중 어느 쪽을 선택할지 결정을 내리는 것이 쉽지가 않았다.

솔직한 내심으로는 선수 생활을 계속하고 싶었다. 그러나 걸리는 것이 한두 가지가 아니었다. 전성기를 훌쩍 지나 버린 많은 나이와 부상이라고 부르기도 어려운 스티브 블래스 증후군, 거기에 더해 다른 팀으로 옮겼을 때 다시 시작될 치열한 주전 경쟁을 이겨낼 자신도 없었다. 그래서 코치 연수 후 청우 로얄스 팀의 코치직이 보장되는 은퇴를 하는 것이 가족들을 위해서라도 옳은 판단이라는 생각이 들었지만, 채승범은 선뜻 결정을 내리지 못했다. 그 이유는 이대로 선수 생활을 끝내고 쉽지 않았기 때문이었다.

언젠가는 은퇴를 할 것이었다. 그렇지만 이런 식으로 선수 생활을 끝내기는 못내 아쉬웠다. 주전 경쟁에서 밀려 쓸쓸히 은퇴해서 뒤안길로 사라지는 것은 자존심이 허락지 않았다. 그래서 선뜻 결정을 내리지 못하고 망설이던 채승범은 고심 끝에 아내에게 고민을 털어놓았다.

"우리 때문에 당신 뜻을 꺾지 말아요. 당신 연봉, 무척 많았어요. 나름대로 재테크를 해서 돈은 꽤 모아두었어요. 정 안 되면 작은 음식점이라도 차려서 내가 우리 가족들 먹여 살릴 테니까 당신 하고 싶은 대로 하세요."

아내의 말이 채승범이 은퇴가 아닌 트레이드를 받아들이겠다는 결심을 굳히는 데 가장 큰 역할을 했다.

작별은 길지 않았다. 그리고 오랫동안 정이 든 선후배들과의 작별에 아쉬워할 시간도 충분치 않았다.

절반의 기대감과 절반의 두려움을 품은 채 채승범이 낯선 장소로 찾아갔을 때, 한성 비글스 팀의 새로운 감독인 노우진은 반갑게 맞아주었다.

"우리 팀에 와줘서 고맙다."

장황한 말은 없었다. 악수를 청하며 짤막한 인사말을 건넨 것이 전부였다. 하지만 그 말로 충분했다.

우리 팀으로 와줘서 고맙다는 노우진의 말에서 진심이 전해졌기 때문이었다. 하마터면 눈물을 왈칵 쏟아서 추한 모습을 보일 뻔했을 정도로 그 말이 고마웠다.

'말해야 할까?'

한참을 망설이다가 스티브 블래스 증후군을 앓고 있다고 고백하기로 결심했다. 그렇지만 그럴 기회가 주어지지 않았다. 노우진은 가볍게 어깨를 두드려 주며 짤막한 미팅을 끝냈다. 그리고 채승범은 오늘 여울 데블스와의 3연전 첫 경기부터 선발 유격수 겸 2번 타자로 출전했다.

'테스트야!'

이번 경기의 선발 출전 의미가 테스트라는 것을 짐작하지 못할 정도로 채승범이 둔하지는 않았다. 그래서 채승범은 더욱 각오를 다졌다. 스프라이트 줄무늬인 한성 비글스 팀의 유니폼과 17번이라는 등 번호는 무척 낯설었지만, 유격수라는 포지션만큼은 익숙했다.

"아직 내가 쓸모없는 존재가 아니란 걸 증명해 보이겠어!"

채승범은 경기 전에 단단히 각오를 다졌다. 그렇지만 수비를 위해 그라운드로 나선 순간, 긴장감이 밀려드는 것은 어쩔 수 없었다. 청우 로얄스에 입단한 후 처음으로 선발 유격수로 출전했을 때보다도, 오늘 경기가 더욱 긴장이 되었다.

따악. 선발투수인 윤경만의 곁을 스치고 지나가는 타구를 확인한 채승범이 스텝을 밟았다. 하지만 반응이 조금 늦었다.

적당한 긴장은 약이지만, 지나친 긴장은 독이다. 너무 긴장한 탓에 타구 판단이 늦어졌고, 발도 무뎌졌다. 빗맞은 탓에 느릿하게 굴러 오는 타구는 여울 데블스의 2번 타자인 한성훈의 빠른 발을 감안한다면 앞으로 전진하며 캐치해야 했다. 그러나 타구 판단이 늦어진 탓에 타구의 바운드를 줄이지 못했다. 그래서 글러브로 공을 캐치한 순간, 마음이 조급해졌고 자연스레 송구도 급하게 이뤄졌다.

쐐애액. 파공음을 일으키며 날아가는 볼을 바라보던 채승범의 표정이 일그러졌다. 제대로 송구가 됐다면 아슬아슬한 타이밍으로 아웃이 선언됐으리라. 그렇지만 채승범이 던진 송구는 이번에도 1루수인 백병우가 내밀고 있던 글러브의 위치와는 전혀 다른 방향으로 향했다.

'높아!'

백병우가 높이 뛰어오르며 글러브를 쳐들었지만, 볼

은 글러브 위를 훌쩍 지나쳤다. 그사이, 내야 땅볼을 친 한성훈은 2루까지 내달렸다.

'정말 극복할 수 없는 건가?'

한성 비글스라는 새로운 팀으로 옮겨 온 후 첫 번째 수비에서 악송구를 기록한 순간, 채승범이 고개를 떨궜다.

풀카운트에서 윤경만이 회심의 몸 쪽 직구를 던졌다.

허를 찔린 탓일까? 여울 데블스의 3번 타자는 배트를 휘두를 엄두도 내지 못하고 움찔한 것이 다였다. 삼진을 확신한 윤경만이 주먹을 불끈 움켜쥐었지만, 주심의 손은 올라가지 않았다.

스트라이크존에 걸친 몸 쪽 직구는 주심이 스트라이크를 선언하기에 충분한 공이었다. 그러나 주심은 외면했고, 삼진이 아닌 볼넷이 선언됐다.

주심의 볼 판정에 노골적으로 불만을 드러내고 있는 윤경만을 보고 우진이 한숨을 내쉬었다.

오늘 여울 데블스와의 경기에 나서고 있는 한성 비글스 팀에는 잠재적 불안 요소가 두 가지 존재했다. 하나는 유격수로 선발 출전한 채승범이었고, 나머지 하나는 선발투수인 윤경만이었다.

가장 좋은 시나리오는 잠재적 불안 요소들이 표면으

로 드러나지 않고 경기를 끝마치는 것이었다. 그러나 우진이 원하던 시나리오대로 경기는 흘러가지 않았다.

여울 데블스의 1번 타자인 김종일을 공 네 개만 던지며 삼진으로 돌려세운 윤경만은 쾌조의 컨디션을 자랑했다. 그렇지만 윤경만의 약점은 아직 선발투수로서의 경험이 부족하다는 것이었다.

평범한 내야 땅볼이 채승범의 송구 실책으로 1사 2루 상황으로 바뀌자, 윤경만은 흔들리기 시작했다. 그리고 아직 끝이 아니었다. 주심의 좁은 스트라이크존으로 인해 회심의 승부구가 스트라이크가 아닌 볼로 판정되자, 윤경만은 급격하게 흔들렸다. 여울 데블스의 4번 타자인 베일스를 상대로 스트라이크를 하나도 던지지 못하고 스트레이트 볼넷을 허용한 것이 윤경만이 흔들리고 있다는 증거였다.

주심의 스트라이크존이 좁다는 것이 부담이 된 걸까? 윤경만은 스트라이크를 잡기 위해서 5번 타자 강지광을 상대로 한가운데 커브를 초구로 던졌다. 그리고 강지광은 실투에 가까운 커브를 놓치지 않고 매섭게 배트를 돌렸다.

따악! 배트 중심에 제대로 맞은 타구는 쭉쭉 뻗어서 좌익수와 중견수 사이를 꿰뚫었다. 3타점 3루타를 얻어맞은 윤경만은 6번 타자에게도 깊숙한 외야 플라이를 허용해서 1회 초에만 무려 4실점을 하고 더그아웃으로 돌아왔다.

장담했던 완봉은 물론이고, 퀄리티 스타트까지 일찌감치 날려 버린 윤경만은 더그아웃으로 돌아오자마자, 침통한 표정으로 자책하기 시작했다. 그리고 자책하는 것은 채승범도 마찬가지였다.

더그아웃을 채우고 있는 한숨 소리가 들렸지만, 우진은 그들을 외면했다. 지금은 무슨 말을 해준들 제대로 들리지 않을 터였다.

힘든 상황이지만, 스스로 이 상황을 넘어서야만 했다. 그리고 아직 경기는 끝난 것이 아니었다. 오랜만에 4연승을 달리며 상승세를 타고 있는 한성 비글스 타자들은 1회 말, 바로 반격을 시작했다.

여울 데블스의 에이스인 크루즈를 상대로 첫 안타를 때린 것은 2번 타자로 출전한 채승범이었다.

송구 실책을 만회하기 위함일까? 타석에 들어선 채승범의 집중력은 대단했다. 노볼 2스트라이크의 불리한 볼카운트에 몰렸지만, 유인구에 속지 않고 크루즈를 끈질기게 물고 늘어졌다. 유인구는 골라내고, 스트라이크 존에 걸친 공은 커트를 거듭하며 풀카운트 승부를 끌고 간 채승범은 크루즈와 10구가 넘는 승부를 펼쳤다. 그리고 11구째로 들어온 바깥쪽 싱커를 가볍게 밀어 쳐서 우익수 앞에 뚝 떨어지는 안타를 만들어냈다.

11구까지 이어졌던 끈질긴 승부가 크루즈를 흔들리게 만든 시발점이 됐다. 3번 타자 최익성 역시 싱커를 노려서 중견수 앞 안타를 만들어내며 상황은 1사 1,2루로 바뀌었다. 그리고 4번 타자 백병우는 오늘도 절정의 타격감을 뽐냈다.

경기 초반부터 흔들린 크루즈의 가운데 높은 곳으로 들어온 실투를 놓치지 않고 받아쳐 원 바운드로 펜스를 때리는 2타점 2루타를 만들었다. 장태준이 어이없는 공에 속아서 맥없이 삼진으로 물러나며 흐름이 끊어지는가 했지만, 6번 타자 강우규가 적시 안타를 터뜨려 한성 비글스는 3 : 4로 추격했다.

3점을 허용하고서 간신히 이닝을 마무리한 크루즈가 더그아웃에 들어가자마자 글러브를 집어 던지는 것을 확인하고 우진이 두 눈을 빛냈다.

크루즈 대 윤경만.

오늘 경기가 투수전이 될 거라 판단했던 우진의 계산은 빗나갔다. 초반부터 난타전이 벌어지면서 경기는 어느 누구도 예측할 수 없는 혼전의 양상을 띄기 시작했다.

3회 초, 첫 타자인 한성훈과의 승부는 풀카운트로 이

어졌다. 숨을 크게 들이쉰 윤경만이 승부구로 슬라이더를 선택하고 던졌다.

바깥쪽 꽉 찬 슬라이더. 잇따라 몸 쪽 공을 던졌기에 이번에도 몸 쪽 공이 들어올 거라 예상하고 이를 대비했던 한성훈은 제대로 허를 찔린 탓에 배트를 내밀어볼 엄두도 내지 못했다.

'됐어!'

첫 타자를 삼진으로 잡아냈다고 판단했던 윤경만의 표정이 일그러졌다. 승부구로 던진 슬라이더가 분명히 스트라이크존을 통과했음에도 불구하고, 이번에도 주심의 손이 올라가지 않았다.

'이게 스트라이크가 아니라고?'

너무 황당해서 어이가 없을 지경이었다. 슬쩍 고개를 돌려서 자신의 시선을 외면하고 있는 주심을 노려보던 윤경만이 더 참지 못하고 주심에게 다가갔다.

이번이 처음이 아니었다. 1회에도 주심은 몸 쪽 스트라이크존을 통과한 공을 볼로 선언해서 윤경만을 당황케 만들었었다.

"이게 왜 볼입니까?"

"빠졌어."

"분명히 스트라이크존을 통과했습니다."

"빠졌다니까."

"도대체 뭐가 빠졌다는 겁니까?"

"스트라이크와 볼 판정은 내 권한이야."

"하지만……."

"얼른 마운드로 돌아가. 더 항의하면 퇴장시킬 거야."

오늘 경기의 주심을 맡은 황우철의 말은 틀리지 않았다. 스트라이크와 볼 판정은 어디까지나 주심의 영역이었다. 그러나 윤경만은 쉽게 분이 풀리지 않았다.

오늘 주심의 스트라이크존은 지나치다 싶을 정도로 좁았다. 주심의 판정대로라면 오늘 경기에서 윤경만이 던질 수 있는 것은 한가운데 공뿐이었다.

퇴장당하지 않기 위해서 다시 마운드로 돌아가던 윤경만이 더그아웃을 향해 시선을 던졌다. 감독석에 앉아 있는 노우진도 주심의 판정이 비정상적이라는 것을 지켜보았을 터였다. 그래서 노우진이 그라운드로 걸어 나와서 주심에게 강하게 어필해 주기를 바랐는데, 윤경만의 바람과 달리 노우진은 항의를 하기 위해 그라운드로 걸어 나오는 대신 팔짱을 낀 채 경기를 지켜보기만 했다.

'어디 이것도 볼이라고 판정하나 보자!'

윤경만이 이를 악물고 다시 공을 뿌렸다. 주심에게 항의의 뜻이 담긴 직구는 한가운데로 들어갔고, 여울 데블스의 3번 타자는 한가운데 공을 놓치지 않고 초구부터 방망이를 휘둘렀다.

딱. 우익수 앞에 떨어지는 안타로 무사 1, 2루로 상황이 바뀐 순간, 윤경만의 표정이 더욱 일그러졌다.

컨디션은 나쁘지 않았고, 제구에도 자신이 있었다. 스트라이크존 구석구석을 제대로 찌르고 있는 공들이 그 증거였다. 그렇지만 주심이 스트라이크존 좌우 깊숙한 곳을 찌르는 공을 스트라이크로 판정해 주지 않으면서 문제가 발생하기 시작했다.

스트라이크를 잡기 위해서는 한가운데로 공을 던져야 했다. 그렇지만 한가운데로 들어가는 공을 여울 데블스의 타자들이 가만히 내버려 둘 리가 없었다.

'대체 어디로 던지라는 거야?'

갑자기 막막해졌다. 평소에는 무척 넓어 보이던 스트라이크존이 오늘은 마치 바늘구멍처럼 좁게 느껴졌다. 그래서 자꾸 공을 던지는 것이 망설여졌다. 주심이 어서 경기를 속개하라고 지시하고 나서야, 윤경만이 마지못해 공을 던졌다. 초구와 2구를 유인구로 던졌지만, 스트라이크존에서 한참 벗어난 공에 4번 타자인 베일즈는 속지 않았다. 윤경만이 마음을 다잡고 바깥쪽 꽉 찬 슬라이더를 뿌렸지만, 주심의 손은 이번에도 올라가지 않았다.

3볼 노스트라이크. 볼넷으로 내보내나, 안타를 맞으

나 마찬가지란 생각이 든 순간, 윤경만은 자포자기하는 심정으로 한가운데 직구를 뿌렸다. 공격 성향이 강한 외국인 타자 베일즈는 기다리지 않고 지체 없이 방망이를 매섭게 돌렸다.

따악. 방망이 중심에 맞으며 경쾌한 소리가 울려 퍼진 순간, 윤경만이 재빨리 고개를 돌렸다. 3루수와 유격수 사이를 빠져나가는 라인드라이브성 타구. 빠르게 스타트를 끊은 2루 주자가 홈으로 들어오기에 충분한 타구라고 판단한 순간, 끝까지 포기하지 않고 공을 쫓은 유격수 채승범이 몸을 날리며 글러브를 쭉 내뻗었다. 그리고 채승범이 뻗은 글러브로 자석에 달라붙는 쇠붙이처럼 공이 빨려 들어갔다.

그림 같은 호수비. 채승범은 일어나지 않고 누운 자세 그대로 2루로 공을 뿌렸고, 귀루가 늦은 2루 주자를 간발의 차로 잡아냈다.

채승범의 호수비로 무사 1, 2루의 위기 상황은 2사 1루로 바뀌었고, 덕분에 윤경만은 5번 타자를 외야 플라이로 처리하며 실점 없이 3회를 넘길 수 있었다. 힘겹게 이닝을 마무리하고 더그아웃으로 돌아온 윤경만이 고개를 좌우로 꺾고 있는 주심을 매섭게 노려보았다.

뜨겁게 달아오른 한성 비글스 팀의 방망이는 쉽게 식

지 않았다. 볼넷과 안타, 2루수의 실책을 엮어 3회 말에 2점을 뽑아내며, 기어이 역전을 만들어냈다.

5 : 4

끌려가던 경기를 뒤집는 데 성공했지만, 우진의 표정은 오히려 굳어졌다. 초반부터 타격전의 양상으로 흘러간 경기는 이대로 끝나지 않을 게 틀림없었다. 그리고 우진의 예상은 정확히 들어맞았다.

3회 초에 채승범의 그림 같은 호수비 덕분에 간신히 실점 없이 이닝을 마무리했던 윤경만은 4회에 다시 고비를 맞았다. 볼넷에 이어진 안타로 무사 1, 3루의 위기에 몰린 순간, 우진이 참지 못하고 한숨을 내쉬었다.

우진이 감추고 싶어 했던 한성 비글스 팀의 잠재적 불안 요소는 명명백백 드러났다. 경험이 일천한 선발투수 윤경만은 고비를 넘지 못했다.

지난 경기에서 호투했던 윤경만이 이렇게까지 난타당한 가장 큰 이유는 주심의 좁은 스트라이크존이었다. 불같은 강속구로 타자들을 윽박지르는 스타일이 아니라, 정교한 제구로 스트라이크존 구석구석을 찌르는 스타일인 윤경만은 주심의 좁은 스트라이크존에 당황하며 적응하지 못했다.

볼넷과 안타를 허용하며 궁지에 몰린 윤경만이 3회에 이어 4회에도 더그아웃에 앉아 있는 자신을 바라보는 게 느껴졌다. 그리고 윤경만은 간절한 시선을 통해서 이렇게 말하고 있는 것 같았다.

"도와주세요. 이건 주심의 잘못이라고요."

하지만 우진은 이번에도 윤경만의 시선을 외면했다.

주심의 스트라이크존이 지나치다 싶을 정도로 좁은 것은 사실이었다. 그렇지만 스트라이크와 볼 판정은 어디까지나 주심의 고유 영역이었다. 똑같은 코스로 들어간 공에 스트라이크와 볼 판정이 엇갈리는 일관성 없는 판정의 경우에는 문제를 제기할 필요가 있었지만, 지금 같은 경우는 주심의 잘못이 아닌 만큼 항의를 할 상황이 아니었다.

'첫 번째 고비군!'

우진이 마운드 위에 외롭게 서 있는 윤경만을 안쓰럽게 바라보았다. 오늘 경기가 1군 무대에 올라온 윤경만에게 찾아온 첫 번째 고비였다.

윤경만의 투구 스타일상, 스트라이크존이 좁은 주심을 만났을 경우에는 고전할 수밖에 없었다. 그리고 주심을 바꾸거나 뜻대로 선택할 수는 없는 노릇이니, 이 위기를 극복하고 1군 무대에서 살아남기 위한 해법을 찾아야 했다.

따악! 그사이 윤경만은 다시 우익수 앞에 떨어지는 안타를 얻어맞고 1실점하며 결국 동점을 허용했다.

"오늘 경기는 쉽지 않겠군!"

더 이상 윤경만을 마운드에 세워두는 것은 의미가 없었다. 상대 타선에 더 난타당하는 것은 윤경만에게 악영향만 끼치게 될 거라고 판단한 우진은 투수 교체를 준비시키고 마운드로 향했다.

우진이 손을 내밀었지만, 윤경만은 글러브 속에 넣어둔 공을 꺼내지 않았다. 그리고 불만 가득한 시선을 던져 냈다.

"분해?"

"네!"

"뭐가 문제였던 것 같아?"

"당연히 주심의 이상한 판정이죠."

윤경만이 망설임 없이 대답했지만, 우진은 고개를 흔들었다.

"문제는 너한테 있었어."

"……?"

"오늘 주심의 스트라이크존은 좌우 폭이 무척 좁았어. 조금 심하다 싶을 정도이긴 했지. 그러다 보니 넌 던질 곳이 없었겠지."

윤경만의 속내를 정확히 읽었기 때문일까? 여전히 억울하다는 표정을 짓고 있는 윤경만에게 우진이 덧붙였다.

"그럼 오늘 여울 데블스의 선발투수인 크루즈는 어떻게 던졌을까? 심판의 좁은 스트라이크존은 크루즈에게도 동등하게 적용되고 있어."

"그건……."

"물론 다른 때에 비해서 고전하고 있는 건 틀림없어. 그렇지만 너처럼 사구를 남발하지 않고, 그럭저럭 잘 버텨 나가고 있잖아."

우진의 말이 끝나자, 윤경만이 고민에 잠겼다. 좀 더 생각할 시간을 주고 싶었지만, 주심의 눈치가 보였다.

"내 질문에 대한 답은 차차 찾아봐."

윤경만이 마지못해 글러브에서 꺼낸 공을 우진이 받아들었다. 그리고 어깨를 축 늘어뜨린 채, 마운드를 걸어 내려가기 시작하는 윤경만의 등을 향해 소리쳤다.

"너무 오래 걸리면 곤란해. 다음 경기에도 선발로 나서야 하니까."

그제야 딱딱하게 굳어 있던 윤경만의 표정이 조금 풀렸다. 그런 그에게 희미하게 고개를 끄덕여 준 우진이 한마디를 덧붙였다.

"답은 가까운 곳에 있어. 잘 모르겠으면 송신원을 찾아가 봐."

마운드에 선 우진이 윤경만에게 건네받은 공을 양손

으로 문질렀다. 오늘 경기에서 난타당하고 일찌감치 강판당한 윤경만을 구원하기 위해 올라올 불펜 투수는 서우람이었다. 천천히 마운드를 향해 걸어 올라오고 있는 서우람을 지켜보던 우진이 바로 공을 건네지 않고 입을 열었다.

"왜 그래? 마운드에 처음 올라오는 사람처럼?"

잔뜩 긴장하고 있는 탓에 서우람의 표정은 안쓰럽게 느껴질 만치 딱딱하게 굳어져 있었다. 적당한 긴장은 경기력을 향상시켜 주는 요인이지만, 지나친 긴장은 몸을 굳어지게 만들어 경기력을 저하시킨다. 우진은 서우람에게 의아한 시선을 던졌다.

서우람은 한성 비글스 팀에서 5년째 뛰고 있는 투수였다. 2군에서 2년 정도 시간을 보낸 후, 1군으로 올라와 3년째 불펜 투수로 뛰고 있었으니 경험은 꽤 쌓인 편이었다. 그런 서우람이 이렇게 긴장하고 있는 것이 잘 이해가 가지 않았다.

'혹시 나 때문인가?'

우진이 신임 감독으로 부임한 후 서우람이 경기에 나서는 것은 이번이 처음이었다. 신임 감독에게 첫 선을 보이는 자리라서 잔뜩 긴장한 것이라는 것 외에는 다른 이유를 찾기 힘들었다. 그래서 우진이 편하게 던지라고 말하려고 했을 때였다.

"경기가 박빙인 경우에 마운드에 선 것은 오래간만이라서요."

살짝 상기된 목소리로 꺼낸 서우람의 이야기를 들은 우진이 희미하게 고개를 끄덕였다. 오늘 경기 도중에 워낙 여러 가지 변수가 발생한 터라, 미처 이 부분까지는 신경 쓰지 못하고 있었다.

5 : 5

경기의 추는 어느 쪽으로도 기울지 않고 팽팽하게 평형을 유지하고 있었다. 말 그대로 박빙의 상황에서 선발 투수가 일찍 강판됐을 경우, 필요한 것은 긴 이닝을 책임져 주는 롱릴리프였다. 그리고 한성 비글스 팀에서 롱릴리프 역할을 맡아 왔던 불펜 투수는 홍영삼과 주영필이었다. 하지만 지금 한성 비글스 팀의 선발진 곳곳에 구멍이 난 상태라 두 선수 모두 선발진에 합류해 있었다. 그래서 우진은 선택의 여지없이 서우람을 마운드에 올린 것이었다.

패전 처리 투수.

서우람이 한성 비글스 팀에서 그간 주로 맡았던 역할은 점수 차가 크게 벌어져서 추격이 불가능하다고 판단되는 상황에서만 투입돼서 경기를 마무리 짓는 것이었다. 물론 팀이 패하고 있을 때만 나선 것은 아니었다. 한성 비글스 팀이 큰 점수 차로 이기고 있는 상황에도 마운드에 올라서 불펜 필승 조의 소모를 막았다.

어쨌든 한 가지는 확실했다. 서우람이 지금껏 등판했던 대부분의 경기에서는 이기든 지든 점수 차가 크게 벌어져 있었던 탓에, 경기의 분위기는 루즈했고 흥미도 많이 떨어진 상황이었다. 당연히 관중들의 반응도 시큰둥했고, 일찌감치 경기장을 빠져나가는 관중들도 속출했으리라. 그래서 서우람은 지금 표정으로 말하고 있었다.

동점의 박빙인 상황에서 마운드에 오르는 것이 낯설다고. 여기는 내가 설 자리가 아닌 것 같다고.

"그래서 겁이라도 난다는 거야?"

"그건 아닙니다."

"그럼 그렇게 긴장하고 있지 말고 이 상황을 즐겨봐. 한 번 패전 처리 투수 역할을 맡았다고 해서 평생 같은 역할만 맡는 건 아니니까."

그동안 서우람에게 패전 처리 투수라는 보직을 맡긴 것은 전임 감독인 유대균이었다. 그리고 유대균이 서우람에게 패전 처리 투수라는 보직을 떠맡긴 데는 이유가 있을 터였다.

물론 우진이 선수를 평가하는 유대균의 안목을 무시하는 것은 아니었다. 그렇지만 선수들에게 기회를 주고 나서, 자신의 안목으로 선수에 대한 재평가를 하는 작업은 분명히 필요했다. 유대균이 미처 발견하지 못해 놓치고 지나갔던 서우람의 장점을 우진이 찾아낼 수도 있는 것이었으니까.

말귀를 알아들었을까? 서우람이 두 눈을 빛내며 힘껏 고개를 끄덕였다. 그제야 서우람에게 공을 건넨 우진이 천천히 마운드를 걸어 내려왔다.

과연 패전 처리 투수가 맞는가 하는 생각이 들 정도로, 오늘 서우람의 공은 좋았다.

오랫동안 쉬면서 체력을 비축한 덕분일까? 직구 스피드는 130㎞대 중반에 머물렀지만, 공 끝에 힘이 있었다. 그리고 무사 1, 2루라는 위기 상황에서 마운드에 올랐지만, 전혀 흔들리지 않고 씩씩하게 자기 공을 뿌렸다. 비록 밋밋한 슬라이더를 던지다가 안타를 얻어맞고 1실점을 허용하긴 했지만, 이 정도면 위기 상황에서 훌륭하게 막아낸 셈이었다. 그리고 서우람의 기대 이상의 호투는 계속 이어졌다.

5회 초와 6회 초, 안타와 사구로 주자를 한 명씩 루상에 내보내기는 했지만, 서우람은 무실점으로 두 이닝을 마무리했다. 그리고 서우람의 호투 덕분에 6회 말에 한성 비글스 팀에 다시 기회가 찾아왔다.

5이닝 5실점. 여울 데블스의 에이스인 크루즈는 주심

의 좁은 스트라이크존으로 인해 고전하며, 다른 등판시보다 부진한 투구를 하고 내려간 것이 사실이었다. 그렇지만 팀의 에이스답게 100구가 넘는 투구 수를 기록하면서 꿋꿋이 5이닝을 버텨서 승리투수 요건을 갖추고 난 후 내려갔다.

크루즈가 마운드에서 내려가자마자, 한성 비글스 팀에 기회가 찾아왔다. 크루즈에 이어 마운드를 물려받은 여울 데블스의 불펜 투수인 강영학도 주심의 좁은 스트라이크존으로 인해서 고전한 것은 마찬가지였다.

6회 말, 한성 비글스 팀의 선두 타자인 백병우는 강영학에게도 부담스러운 타자였다. 장타를 허용하지 않기 위해서 철저하게 코너워크를 했지만 심판은 스트라이크를 잡아주지 않았고, 그로 인해 강영학은 당황한 기색이 역력했다. 백병우는 결국 포볼을 얻어 1루로 걸어 나갔고, 강영학의 다음 상대는 지난 경기에서 결승타를 때려낸 장태준이었다.

우진이 타석에 들어선 장태준을 유심히 살폈다. 트레이드 마감 시한이 지나고 나서, 장태준의 표정은 조금 편안하게 바뀌어 있었다. 그렇지만 다시 예전으로 돌아간 것은 아니었다. 무기력한 표정으로 기계적으로 타석에 들어서던 것과 달리, 지금은 타석에서 뭔가를 해보겠다는 의욕이 보였다.

꽉. 꽉. 힘껏 발을 구르며 홈플레이트를 고르는 장태준의 타석 위치는 지난 경기와 마찬가지로 평소보다 한 발자국 정도 앞이었다. 상대 투수들에게 간파당한다면 먹히지 않는 꼼수나 다름없는 타격 방법이었지만, 아직까지는 간파당하지 않았다는 것이 중요했다. 지금 여울 데블스의 배터리는 타석에 선 장태준의 꼼수를 알아챌 정도로 여유가 없었다.

강영학은 심판의 좁은 스트라이크존에 모든 신경이 쏠려 있었다. 그리고 지금 1루 주자로 나가 있는 백병우는 장타력을 갖춘 4번 타자임에도 불구하고 결코 발이 느리지 않았다. 언제든지 도루를 감행하겠다는 듯이 리드폭을 넓히고 있는 백병우로 인해 포수의 신경은 잔뜩 곤두서 있었다.

"흐름은 나쁘지 않은데."

따악. 우진이 내심 기대하고 있는 사이, 장태준이 초구부터 힘껏 배트를 휘둘렀다. 강영학이 한가운데로 던진 커브는 높았고, 제대로 떨어지기 전에 장태준이 휘두른 배트의 중심에 걸렸다. 그리고 장태준의 파워는 대단했다. 우진의 생각보다 멀리 뻗어나간 타구는 펜스를 훌쩍 넘겨 버렸다.

투런 홈런. 우진이 감독으로 부임한 이후 장태준이 친 홈런 가운데 가장 영양가 있는 홈런이었다.

7 : 6

장태준의 홈런으로 인해 경기는 다시 뒤집어졌다. 천천히 그라운드를 돌아서 홈플레이트를 밟은 장태준이 미리 도착해서 기다리고 있던 백병우와 하이 파이브를 나누는 장면을 지켜보던 우진의 입가로 미소가 떠올랐다.

리드는 오래가지 않았다. 7회 말에 마운드에 오른 서우람은 갑자기 다른 투수가 된 것처럼 급격히 난조를 보였다.

이전 이닝에서 씩씩하게 자기 공을 던지며 타자들과 정면 승부를 펼치던 서우람은 7회 말이 되자 갑자기 유인구 비중을 늘렸다. 결국 단타 하나와 볼넷 두 개를 허용하며 1사 만루의 위기에 몰린 서우람의 상태를 살피던 우진이 한숨을 내쉬었다.

4회와 5회, 그리고 6회까지 볼 끝에 힘이 실리며 자기 공을 던지던 서우람이 7회가 되자 갑작스레 난조를 보이는 이유는 두 가지였다.

우선 상황이 변했다. 동점 상황에서 올라와서 비자책점이긴 하지만 1실점을 허용했을 때만 해도 서우람은 승패와 상관이 없었다. 그렇지만 6회 말에 장태준의 홈런이 터지면서 역전에 성공하자 상황은 달라졌다. 1점

차의 리드를 끝까지 잘 지키기만 하면 서우람은 오늘 경기의 승리투수가 될 수 있었다.

지난 3년간 경기의 승패가 이미 결정된 순간에만 올라온 탓에, 단 1승도 기록하지 못했던 서우람의 입장에서는 승리가 간절할 터였다. 그래서 이번 기회를 놓치고 싶지 않다는 마음가짐이 정면 승부 대신 도망가는 투구를 하게 된 이유였다.

그리고 또 하나의 이유는 서우람의 단순한 구종이었다.

130㎞ 중반의 직구와 슬라이더, 그리고 싱커. 현재 서우람이 던질 수 있는 구종은 세 가지였다. 그러나 오늘 경기에서 서우람이 던지는 구종은 직구와 싱커, 단 두 가지뿐이었다. 4회 초에 올라오자마자 제대로 꺾이지 않는 밋밋한 슬라이더를 던지다가 안타를 얻어맞고 실점한 이후, 더 이상 슬라이더는 던지지 않고 있었다. 한 바퀴 타순이 돌고 나서, 서우람의 구종이 단순하다는 것을 파악한 여울 데블스의 타자들은 유인구인 싱커는 철저히 외면하고, 직구만 노렸다.

더 이상 서우람으로 경기를 끌고 나가는 것은 무리라는 판단이 섰다. 그러나 우진은 선뜻 투수 교체를 결정하지 못하고 망설였다. 승리에 목마른 서우람의 간절함이 전해졌기 때문이었다. 그리고 그사이, 서우람이 던진 공을 타자가 받아쳤다.

딱. 배트 중심에 제대로 맞은 타구는 바운드를 일으키며 총알같이 날아갔다. 3루수와 유격수 사이를 꿰뚫는 안타성 타구. 하지만 채승범이 어느새 움직여 타구를 쫓고 있었다. 역모션으로 공을 캐치하는 데 성공한 채승범이 노스텝으로 2루를 향해 송구했다.

유격수와 2루수, 그리고 1루수로 이어지는 6—4—3 병살 코스. 1루 주자의 거친 슬라이딩을 피하며 2루수 고동선이 1루로 빠르게 송구했다.

'아웃 타이밍!'

1루수인 백병우의 글러브에 송구가 들어간 것과, 타자가 1루 베이스를 밟은 것은 거의 동시였다. 그렇지만 1루심은 간발의 차로 세이프를 선언했다.

7 : 7

결국 동점을 허용한 서우람이 실망감을 감추지 못하고 고개를 떨구는 것이 보였다. 아쉽게 병살을 성공시키지 못한 채승범과 고동선이 아쉬워하는 모습도 보였다. 그렇지만 우진은 만족했다.

한성 비글스 팀이 최하위를 달리고 있는 이유는 많았다. 그렇지만 가장 대표적인 이유를 꼽자면 타선의 응집력 부족과 수비 불안을 들 수 있었다.

후속타 불발로 인해서 득점 찬스를 번번이 날리고,

팽팽한 경기에서 어이없는 수비 실책으로 경기를 내주는 경우가 잦았던 한성 비글스 팀이었다. 하지만 오늘 경기는 전형적으로 한성 비글스 팀이 보여주던 예전 패턴과는 많이 달랐다.

공격에서는 중심 타자인 백병우와 장태준이 찬스에서 적시타를 터뜨리며 점수를 차곡차곡 쌓았고, 수비에서는 안타성 타구를 막아내서 병살에 근접한 호수비를 선보이고 있었다.

"조금 나아졌군!"

후속 타자를 외야 플레이로 처리하고 더 이상의 실점 없이 더그아웃으로 돌아오고 있는 선수들을 바라보던 우진이 감독석에서 일어났다.

한성 비글스라는 팀이 처음으로 조금 마음에 들었다.

김희태가 팔짱을 풀었다. 그리고 자신도 모르는 사이, 꽉 쥐고 있던 주먹을 펼쳤다. 손바닥에 흥건하게 고여 있는 땀이 자신이 무척 긴장하고 있다는 증거였다.

현재 순위상 여울 데블스는 4위였고, 한성 비글스는 10위를 달리고 있었다. 한성 비글스 팀이 최근 4연승의 상승세를 달리고 있긴 했지만, 김희태는 경기를 앞두고 크게 걱정하지 않았다. 오늘 경기의 선발투수가 크루즈였기 때문이었다.

한성 비글스 팀의 선발투수가 무명의 신인이나 다름 없는 윤경만임을 감안하면 오늘 경기 승부의 무게 추는 압도적으로 여울 데블스 쪽으로 기울었다. 그렇지만 경기는 김희태의 계산대로 흘러가지 않았다.

크루즈는 심판의 좁은 스트라이크존에 고전하며 5이닝 5실점이라는 부진한 투구를 보인 끝에 강판됐다. 그 후로 불펜의 필승 조를 총 투입시켰음에도 경기의 분위기는 쉽게 넘어오지 않았다.

7 : 7

9회까지 동점이라는 점이 그 증거였다.

"신임 감독 효과인가?"

더그아웃에 서 있는 한성 비글스 팀의 신임 감독인 노우진을 바라보며 김희태가 혼잣말을 했다.

오늘 경기 최고의 반전은 누가 뭐래도 서우람이었다.

패전 처리 투수. 지난 3년간 꾸준히 패전 처리 투수 역할을 맡았던 서우람은 오늘 동점 상황에서 깜짝 구원 등판을 했다. 아니, 깜짝 등판이라고 표현하기는 무리가 있었다.

좀 더 정확히 말하면 현재 한성 비글스 팀의 선발과 불펜이 모두 무너진 상황이라, 패전 처리 투수인 서우람이 박빙의 상황에서 구원 등판을 할 수밖에 없었다.

선발투수인 윤경만에 이어서 서우람이 동점 상황에

서 등판했을 때만 해도, 김희태는 노우진이 오늘 경기를 포기했다고 판단했다. 그렇지만 그 예상은 보기 좋게 빗나갔다.

서우람은 마운드에 올라서 깜짝 호투를 선보였다. 그리고 김희태는 아무도 주목하지 않았던 서우람이 깜짝 호투를 펼친 것이 신임 감독 효과라 판단했다.

감독이 바뀌면 팀의 분위기는 어수선하게 마련이었다. 그럼에도 불구하고 신임 감독 효과가 발휘되는 이유는 선수들이 분발하기 때문이었다. 신임 감독에게 눈도장을 찍기 위해서 선수들은 이전보다 더욱 집중력을 발휘해서 플레이를 하게 마련이었고, 서우람도 그런 케이스 가운데 하나였다.

"그게 다가 아냐."

노우진을 바라보고 있던 김희태의 미간에 자리 잡은 주름이 깊어졌다. 서우람의 깜짝 호투가 경기의 흐름을 바꿔놓은 것은 사실이었다. 그렇지만 그게 다가 아니었다.

리그 최다 잔루를 기록할 정도로 응집력이 없던 타선이 백병우라는 신인 거포가 가세하면서 바뀌기 시작했다. 그리고 백병우의 활약에 위기감을 느낀 장태준마저 길고 길었던 슬럼프에서 벗어나 부활 조짐을 보였다.

원래 타선이라는 것은 전염병만큼 연쇄효과가 발휘되

는 곳이었다. 백병우와 장태준이 중심 타선에 포진해서 맹타를 휘두르기 시작하자, 다른 선수들도 자극을 받아 타격이 살아나고 있었다.

타선만이 아니었다. 리그 최다 실책을 도맡아 기록하고 있던 한성 비글스 팀의 수비진도 한층 안정감을 찾아가기 시작했다. 외야에 송일국, 내야에 채승범이 가세하면서 일어난 변화였다. 물론 아직까지는 불안 요소가 수두룩하게 잠재하고 있었지만, 이전과 비교해서 훨씬 안정된 것은 부인할 수 없는 사실이었다.

"관건은 채승범이로군!"

노우진을 바라보던 김희태가 고개를 돌려 9회 말 수비에 나선 채승범을 찾았다. 한성 비글스 팀의 줄무늬 유니폼이 아직 익숙지 않아서일까? 한때 국내 최고의 유격수였던 채승범은 눈에 띄게 긴장하고 있었다.

9회 말 1사 1, 2루. 안타 하나면 경기가 끝날 수도 있는 위기 상황인만큼 긴장해야 하는 것이 당연했지만, 채승범은 긴장의 정도가 과했다. 그리고 신기하게도 타구는 채승범에게로 향했다.

데굴데굴. 유격수인 채승범의 앞으로 느린 타구가 굴러갔고, 더블플레이로 연결시키기 위해서 채승범이 재빨리 전진하며 포구하자마자, 2루로 송구를 뿌렸다. 노련하면서도 안정된 수비. 하지만 마지막 송구가 좋지 않왔다.

송구는 너무 빨랐고, 놀란 2루수가 글러브를 쭉 내밀어봤지만 글러브 끝을 맞고 튕겨 나갔다. 그리고 그사이 2루 주자가 3루를 통과해 홈까지 들어오는 데 성공하면서 길고 길었던 경기는 끝이 났다.

예상보다 훨씬 어렵게 승리를 거둔 김희태가 그제야 긴장을 풀고 꽉 쥐고 있던 주먹을 풀었다. 그리고 경기에서 패했음에도 불구하고 표정이 어둡지 않은 노우진을 살피며 씨익 웃었다.

"한성 비글스 때문에 내년 시즌이 재밌어지겠군."

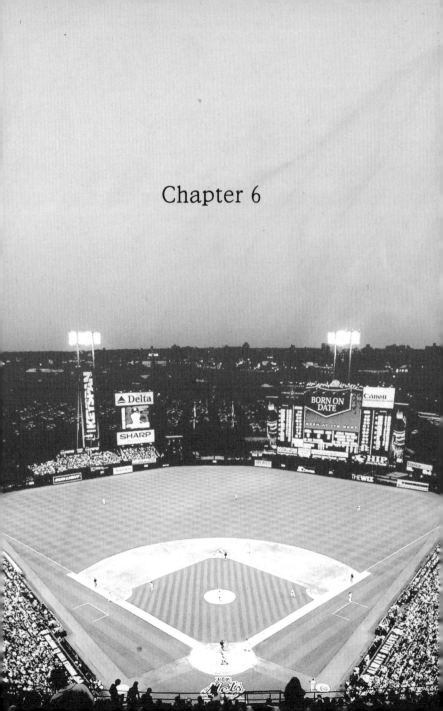

Chapter 6

　2승 4패. 여울 데블스 팀과 마경 스왈로우스 팀과 각각 3연전을 치른 후, 한성 비글스 팀이 받아 든 성적표였다.

　연속으로 루징 시리즈를 기록하며 상승세가 한풀 꺾인 한성 비글스 팀의 입장에서 그나마 다행인 것은 탈꼴찌 경쟁을 벌이고 있는 삼산 치타스 팀이 같은 기간 한성 비글스 팀보다 더욱 부진했다는 점이었다.

　1승 5패. 삼산 치타스 팀이 워낙 부진한 성적을 거둔 탓에, 3경기였던 승차는 2경기로 줄었다.

　그렇지만 우진에게 불행한 결과도 있었다.

한성 비글스 팀과 트레이드한 청우 로얄스 팀은 같은 기간 5승 1패라는 좋은 성적을 거두었던 것이다.

그리고 청우 로얄스로 팀을 옮기자마자 불펜의 필승조 자리를 꿰찬 안태영과 백기형은 팀이 승리를 거둔 경기마다 필승 계투조로 나서서 맹활약을 펼쳤다.

반면 한성 비글스 팀으로 옮겨 온 채승범은 지난 6경기에 모두 선발로 출전해서 실책을 네 개나 저질렀다. 물론 실책의 개수로만 채승범을 평가할 수는 없었다. 채승범은 특유의 반사 신경과 빠른 발을 이용한 넓은 수비 범위를 선보이며 메이저리그급 호수비도 몇 차례 선보였으니까. 그렇지만 안타깝게도 호수비는 기록에 남지 않지만 실책은 기록에 남는 법이었다.

게다가 채승범이 승부처에서 기록했던 두 개의 송구 실책은 팀의 패배로 직결된 결정적인 것이었기에 더욱 뼈아팠고 강렬한 인상을 남겼다.

희비의 쌍곡선. 트레이드 후 울고 웃는 청우 로얄스와 한성 비글스.

기자들이 이 좋은 먹잇감을 그냥 넘어갈 리 없었다. 마치 기다렸다는 듯이 청우 로얄스로 팀을 옮긴 안태영과 백기형의 활약상과 채승범의 부진한 모습을 대비시켜 가며 기사들을 쏟아냈다.

그리고 기자들이 앞장서자, 자연스레 팬들도 비난에 가세하기 시작했다.

폐물이나 다름없는 유격수 채승범을 영입키 위해서 당장 1군에서 통하는 두 명의 유망주 투수를 잃어버린 것에 대한 팬들의 비난이 일제히 쏟아졌다.

그런 팬들의 비난은 한성 비글스 팀의 홈페이지를 맹폭하며 순식간에 게시판을 가득 채웠고, 그걸로 모자라 홈페이지가 먹통이 됐을 정도였다.

그러니 스카우트 팀장인 윤제균의 표정이 밝을 리 없었다.

눈싸움이라도 하듯이 자신을 매섭게 노려보는 윤제균의 시선을 피하지 않은 채 우진이 물었다.

"저한테 하실 말씀이라도 있으십니까?"

"하고 싶은 말이야 아주 많습니다."

"그럼 해보시죠."

맞은편 소파에 앉아 있던 윤제균이 우진의 말이 끝나자마자, 기다렸다는 듯이 할 말을 쏟아냈다.

"채승범은 한물간 선수다. 그러니까 두 명의 유망주 투수와 맞바꾸는 건 미친 짓이다. 이렇게 충고를 드렸던 것 기억나십니까?"

우진이 슬그머니 미간을 좁혔다. 이번 트레이드에 대

해서 운을 뗐을 때, 윤제균이 반대했던 것은 사실이었다.

하지만 미친 짓이라는 극단적인 표현까지는 사용하지 않았었다.

지금 윤제균이 이렇게 극단적인 표현을 사용하는 이유는 뻔했다. 이번 트레이드에 있어서 자기 책임이 없다는 것을 강조하기 위함이었다.

"얼추 기억이 나는 것 같기는 하네요."

"이렇게 될 줄 알고 제가 트레이드를 극구 반대했던 겁니다."

언성을 높이고 있는 윤제균은 먹잇감을 발견한 하이에나처럼 기세가 등등했다. 이대로 당하고 있을 수만은 없다고 판단한 우진이 반박을 시작했다.

"너무 성급한 것 아닙니까?"

"성급하다니. 뭐가요?"

"트레이드를 한 지 채 열흘도 지나지 않았습니다. 트레이드의 성패를 논하기에는 너무 이른 타이밍입니다."

"더 두고 볼 게 뭐가 있습니까?"

"하지만……."

"감독님도 직접 보셨지 않습니까? 우리 팀을 떠난 태영이와 기형이는 팀 승리의 견인차 역할을 톡톡히 하면서 펄펄 날고 있는 반면에 청우 로얄스에서 데리고 온 채승범 선수는 매 경기마다 결정적인 실책을 남발하고 있습니다. 이것만 봐도 명백한 실패 아닙니까?"

"……."

"그리고 채승범 선수가 다가 아닙니다. 재활에만 최소 4개월이 넘게 걸린다는 소견이 나온 송신원 선수는 대체 왜 데려온 겁니까?"

우진이 입을 다물자, 윤제균의 공세는 한층 강해졌다. 채승범에 이어서 송신원까지 물고 늘어지며 공세를 펼쳤다.

"송신원 선수를 데리고 온 이유는 내년 시즌을 대비해서입니다."

"흥, 재활을 마친다고 해서 송신원 선수가 예전 구위를 회복할 수 있을 것 같습니까? 그럴 가능성이 희박하다는 것은 야구계에 몸담고 있는 모든 사람들이 다 알고 있는데, 왜 감독님만 모르십니까?"

"지난번에도 말씀드렸지만 송신원 선수가 설령 예전 구위를 회복하지 못하더라도 송신원 선수가 가진 풍부한 경험 하나만으로도 우리 팀에 충분히 플러스 요인이 됩니다."

"거참, 말이 되는 소리를 하셔야지. 어쨌든 이번 트레이드 실패에 대한 책임은 감독님이 져야 할 겁니다."

"트레이드의 성패를 논하기에는 너무 이르다고 분명

히 말씀드렸습니다."

"지금 책임을 회피하시는 겁니까?"

윤제균에게 있어서 가장 중요한 것은 책임 소재였다. 한 번 꼬투리를 잡은 윤제균은 기회를 놓치지 않고 거칠게 몰아붙였다.

'너무 지나치군!'

우진이 참지 못하고 미간을 찌푸렸다. 윤제균은 둘 중 한 명은 책임을 지고 옷을 벗어야 한다는 식으로 강하게 주장하고 있었다.

그래서 우진이 더 참지 못하고 언성을 높이려고 했을 때, 가만히 듣고만 있던 강균성이 끼어들었다.

"적당히 하게."

"하지만 구단주님도 아시다시피……."

"지금 날 보고 책임지란 건가?"

"네?"

"방금 자네가 책임을 지라고 하지 않았나? 이번 트레이드를 허락한 최종 결정권자는 엄연히 나였으니, 나 보고 책임지란 소리 아닌가?"

"그게 그런 뜻이 아니라……."

"어떻게 할까? 내가 구단주 자리에서 물러나면 되나?"

강균성이 본격적으로 끼어들자, 윤제균의 낯빛이 창백하게 질렸다.

그런 그를 향해 혀를 끌끌 찬 강균성이 덧붙였다.

"책임 추궁은 나중에 하지. 오늘은 그것 때문에 모인 것이 아니지 않은가?"

"알겠습니다."

윤제균은 아직 할 말이 한참 남은 듯한 표정이었지만 구단주인 강균성이 이렇게까지 말하자 트레이드에 관해서 더 이상은 왈가왈부하지 않았다.

대신 서류 가방에서 미리 작성해 온 서류를 꺼냈다.

"모레 열릴 신인 드래프트 2차 지명에서 한성 비글스 팀이 지명하려고 하는 선수들의 명단입니다."

올해 신인 드래프트 2차 지명은 이틀 뒤 케이스타 호텔에서 열렸다.

그리고 한성 비글스 팀은 이번 신인 드래프트에서 최대 열 명의 선수를 지명할 수 있었다.

다행인 것은 지난 시즌에 한성 비글스 팀이 최하위를 기록했던 덕분에 신인 드래프트에서 최우선 순위로 1차 지명권을 행사할 수 있다는 점이었다.

'어디 한번 볼까?'

스카우트 팀이 결정한 지명권을 행사할 선수들의 면면을 유심히 살피던 우진의 시선이 가장 위 칸에서 멈추었다.

최우선 순위를 가진 한성 비글스 팀에서 1차 지명권

을 행사해야 할 선수로 적혀 있는 이름은 고교 최대어로 손꼽히는 배명 고등학교의 왼손 강속구 투수 조선균이었다.

배명 고등학교 야구부는 올해 고교 야구 전국 대회를 휩쓸었고, 그 중심에 서 있었던 것이 조선균이었다. 최고 구속 150㎞에 육박하는 직구를 앞세워 조선균은 중요한 경기에 모두 출전해 승리를 챙기면서도 0점대의 방어율을 기록했다.

스카우트 팀에서 조선균을 명단 맨 위쪽에 적어둔 것은 어찌 보면 당연한 것이었다.

그렇지만 조선균의 이름을 확인한 우진은 슬쩍 미간을 찡그렸다.

그리고 지명권을 행사해야 할 선수들의 면면을 살피던 우진의 미간이 더욱 찌푸려졌다.

"자네 표정이 왜 그런가?"

"조금 문제가 있습니다."

"문제?"

"제가 이번 드래프트에서 지명하려고 했던 선수들과는 면면이 많이 다릅니다."

"많이 다른가?"

"많이 다릅니다."

우진이 딱 잘라 말하자, 윤제균의 표정이 굳어지는 것

이 보였다. 하지만 우진은 개의치 않고 덧붙였다.

"제가 1차 지명을 행사하고 싶은 선수는 조선균이 아 닙니다."

2군 선수들의 연습장인 영산 볼파크를 다시 찾은 윤 경만이 쓰게 웃었다.

눈물 젖은 빵을 씹었다는 표현이 딱 어울릴 정도로 2군 생활은 길고 힘들었다. 특히 2군 감독으로 이지승이 새로 부임한 이후에는 훈련의 강도가 이전과 비교할 수 없을 정도로 강해졌다.

그렇지만 2군 생활을 전전할 때 강도 높은 훈련보다 윤경만을 더 힘들게 한 것은 기약 없는 기다림이었다. 언제 1군에 올라가서 그라운드를 밟을 수 있을지 모르 는 기약 없는 기다림의 시간은 윤경만을 지치게 만들기 에 충분했다.

그래서 1군으로 콜업 됐다는 소식을 들었을 때, 말로 형언할 수 없을 정도로 기뻤다.

그리고 2군 생활을 청산하고 짐을 싸서 나올 때, 두 번 다시는 이곳을 찾지 않겠다고 굳게 다짐했었는데.

그 다짐이 무색하게도 윤경만은 다시 영산 볼파크를 찾았다. 물론 아직 노우진 감독에게서 2군으로 돌아가 라는 통보를 받은 것은 아니었다.

그렇지만 그렇게 될 가능성은 충분했다. 1군 승격 후 선발 등판했던 첫 경기에서 호투를 펼치며 승리투수가 됐지만, 두 번째와 세 번째 등판에서는 부진한 모습을 보였다.

두 번째 등판에서는 여울 데블스 타선을 상대로 3이닝 6실점, 세 번째 등판에서는 마경 스왈로우스 타선을 상대로 5이닝 5실점을 기록했다.

특히 두 번째 등판이었던 여울 데블스와의 경기는 가히 최악이라 할 만했다.

컨디션은 무척 좋았고, 공 끝도 나쁘지 않았다. 그래서 경기가 시작될 때만 해도 완봉을 노리고 있었는데. 경기가 꼬이기 시작한 것은 좌우 폭이 유난히 좁은 주심의 스트라이크존 때문이었다.

분명히 스트라이크존을 통과하는 바깥쪽과 몸 쪽 구석구석을 찌르는 제구가 된 공을 던졌음에도 불구하고, 주심은 스트라이크를 잡아주지 않았다.

처음에는 화가 치밀고 분한 마음이 들었다. 그리고 좀 더 시간이 지나자 막막한 마음이 들었다.

스트라이크존 구석구석을 통과하는 제구가 잘된 공은 스트라이크로 선언되지 않았고, 어쩔 수 없이 가운데로 던진 공은 타자들에게 잇따라 안타를 얻어맞았다. 그러다 보니 던질 곳이 보이지 않았다.

그 막막한 감정은 이내 두려움으로 바뀌었다. 더 이상 공을 던질 수 없을 정도로 마운드 위에 서 있는 것이 두려워지기 시작했다.

"내 질문에 대한 답은 차차 찾아봐."

여울 데블스의 선발투수였던 크루즈 역시 좌우 폭이 좁은 심판의 스트라이크존에 고전하며 평소에 비해 부진했던 것은 마찬가지였다.

그러나 어떻게든 5이닝을 버티면서 승리투수 요건을 갖춘 후 마운드에서 내려갔다.

크루즈와 자신의 차이.

투수 교체를 위해서 마운드로 걸어 올라왔던 노우진은 그 차이가 무엇이었는가에 대한 해답을 찾으라고 충고했다.

그래서 윤경만은 나름대로 그 해답을 찾기 위해 애썼지만 결국 뚜렷한 차이를 찾아내는 데는 실패했다.

그리고 그 상태로 마경 스왈로우스와의 경기에 선발등판해서 여전히 부진한 모습만 보인 채 6이닝을 채우지 못하고 강판됐다.

"내게 남은 시간이 얼마 없어!"

두 경기 연속으로 부진한 투구를 하고 나자, 위기감

이 깃드는 것은 어쩔 수 없었다.

이대로라면 1군에서 버티지 못하고 다시 지긋지긋한 2군행을 통보받을지도 모르겠다는 위기감은 2군 경기장인 영산 볼파크를 찾아오자 더욱 증폭됐다. 그래서 마음이 조급해진 윤경만의 발걸음이 빨라졌다.

"감독님, 저 왔습니다."

우선 2군 감독인 이지승을 찾아가서 인사를 건네자, 저녁 훈련이 시작되기 전에 잠시 휴식을 취하며 믹스 커피를 마시고 있던 이지승이 놀란 시선을 던졌다.

"네가 여기 웬일이냐? 영산 볼파크 쪽으로는 오줌도 안 누겠다고 말하면서 가더니."

이지승의 농담을 듣고서 윤경만이 피식 웃었다.

정말로 영산 볼파크가 있는 방향으로는 오줌도 싸지 않을 각오로 1군으로 올라갔었는데. 세상일은 정말 뜻대로 굴러가지 않았다.

"그렇게 됐습니다."

"노감독이 2군으로 내려가라고 지시하더냐?"

"그건 아닙니다."

"그럼 왜 왔어?"

"답을 찾으러 왔습니다."

"무슨 답?"

"크루즈와 저의 차이가 무엇인지에 대한 답을 2군에

서 찾아오라고 지시하시던데요."

"그래?"

"혹시 감독님은 알고 계세요?"

이지승은 야구계에서 잔뼈가 굵은 경험 많은 감독이었다.

그래서 혹시나 하는 기대를 품은 채 윤경만이 묻자, 이지승은 잠시 고민에 잠겨 있다가 대수롭지 않게 대답했다.

"당연히 알지."

"뭡니까?"

"인종이 다르지. 크루즈는 흑인이고 넌 동양인이지."

"……."

"그리고 크루즈는 검증이 끝난 용병 투수고 넌 신인 투수지."

"……."

"또 크루즈는 150㎞가 넘는 강속구를 뿌리는 투수고, 넌 강속구 투수가 아니지."

누구나 대답할 수 있는 뻔한 답을 얻기 위해 이지승에게 질문했던 것이 아니었다.

그래서 윤경만이 실망한 기색을 감추지 않고 있을 때였다.

"가장 결정적인 차이가 뭔지 알려줄까?"

기왕 속은 것, 한 번만 더 속는다는 생각으로 윤경만이 대답을 기다리고 있자, 이지승이 희미한 웃음을 머금은 채 덧붙였다.

"결정구!"

* * *

"무슨 얘길 하려는 걸까?"

노우진이 기다리고 있는 숙소 앞 호프집을 향해 천천히 걸음을 옮기며 채승범이 고민에 잠겼다.

언젠가는 닥칠 일이라고 판단했다.

그렇지만 약속 장소인 호프집을 향해 옮기는 발걸음이 무거운 것은 어쩔 수 없었다.

사실 고민할 필요도 없었다. 노우진에게서 듣게 될 얘기는 뻔했다.

트레이드를 통해 한성 비글스 팀으로 옮기고 나서, 노우진은 자신에게 충분한 기회를 주었다.

이적 후 6경기에 모두 선발 유격수로 출전을 시켜주었으니까. 그렇지만 채승범은 그 기회를 제대로 살리지 못했다.

6경기에서 실책을 네 개나 저질렀고, 그중 두 개는 팀의 패배와 직결되는 결정적인 실책이었다.

노우진은 더 이상 기회를 줄 수 없다고 통보할 터였고, 채승범은 딱히 변명할 말이 없었다.

"잘못된 선택이었을지도 모르겠군!"

노우진과 만나기로 약속한 호프집 앞에 도착했지만, 채승범은 선뜻 안으로 들어가지 못한 채 한숨을 내쉬었다.

트레이드 직전, 채승범에게는 두 가지 선택지가 있었다. 하나는 트레이드를 받아들여서 한성 비글스 팀에서 계속 선수 생활을 이어나가는 것이었고, 나머지 하나는 청우 로얄스 팀에서 선수 은퇴 후 코치 연수를 받는 것이었다.

그 두 가지 선택지 앞에서 고민하던 채승범은 결국 전자를 택했다.

그 선택을 내린 가장 큰 이유는 선수 생활에 대한 미련 때문이었다.

주전 경쟁에서 밀린 채 소리 소문 없이 쓸쓸히 은퇴를 하는 것이 아쉬웠기 때문에 마지막 기회나 다름없는 트레이드를 받아들였다.

'스티브 블래스 증후군만 고치면 돼. 내 선수 생활의 마지막을 불태워 보는 거야!'

한성 비글스 팀으로 이적해 왔을 때만 해도 한껏 고무된 채 기대를 품었다. 그렇지만 헛된 기대에 불과했다는 것이 곧 밝혀졌다.

스티브 블래스 증후군은 나아질 기미가 전혀 보이지 않았고, 잇따라 송구 실책을 범하다 보니 트레이드 실패라는 말이 나오기 시작했다.

그리고 얼마 지나지 않아 한성 비글스 팀의 팬들은 채승범에게 비난을 쏟아냈다.

이쯤 되니 괜한 욕심과 미련을 가졌다는 후회가 밀려들었다.

청우 로얄스 팀에서 선수 은퇴를 했다면, 코치 연수를 받을 수 있었다.

그렇다면 청우 로얄스 코치로 부임할 수도 있었을 텐데. 비록 선수 생활을 할 당시와는 비교할 수 없을 정도로 적은 연봉이겠지만, 그래도 꼬박꼬박 월급이 나온다는 것은 가족을 부양할 의무가 있는 채승범에게 매력적인 조건이었다.

게다가 장기적으로는 청우 로얄스 팀의 코치를 거쳐 감독 자리까지 노려볼 수 있었으리라.

"이젠 다 끝났군!"

후회란 아무리 빨라도 늦은 법이었다. 한참을 망설이던 채승범이 호프집 안으로 들어가자, 창가 쪽 자리에 홀로 앉아 있는 노우진의 모습이 보였다. 그의 앞으로 다가가자, 노우진이 반갑게 맞아주었다.

"앉아, 술 하지?"

채승범이 살짝 고민했다. 나이가 들면서 체력이 예전 같지 않다고 느낀 3년 전부터 술을 완전히 끊었다.

그렇지만 오늘은 술 생각이 났다. 무척 어려운 자리이기도 했고, 어차피 선수 생활이 거의 끝났다는 판단이 들었기 때문이었다.

"맥주 한 잔만 하겠습니다."

"그래, 잘 생각했어."

주문한 생맥주가 도착하자, 채승범이 거침없이 들이켰다.

생맥주는 시원했고, 술이 조금 들어가자 긴장이 조금 풀리는 느낌이 들었다.

아무런 말도 없이 맥주만 마시고 있는 노우진을 바라보던 채승범이 먼저 입을 뗐다.

"하실 말씀 있으시면 편하게 말씀하시죠."

어차피 선수 은퇴라는 최악의 상황을 각오하고 나온 자리였다.

그래서 채승범이 운을 떼자, 노우진이 희미하게 고개를 끄덕였다.

"자네 문제가 뭔지 알고 있나?"

단도직입적으로 질문을 받은 채승범이 반쯤 남은 생맥주를 다시 들어 올렸다. 스티브 블래스 증후군에 대해서는 나름 필사적으로 숨겨왔다. 그렇지만 더 이상 그럴 필요가 없다는 생각이 들었다.

"스티브 블래스… 증후군입니다."

채승범이 솔직히 털어놓자, 노우진의 입가로 희미한 웃음이 떠올랐다.

그 웃음의 의미를 파악하기 힘들어서 당혹스러운 표정을 짓고 있는 사이, 노우진이 말했다.

"자네 문제가 뭔지는 정확히 알고 있군."

"알고… 계셨습니까?"

"물론 알고 있었지. 그 사실도 알아채지 못할 정도로 선수 보는 눈이 없지는 않아."

"그럼 왜……?"

"자네가 스티브 블래스 증후군을 앓고 있다는 사실을 알고 있으면서도 대체 왜 트레이드로 영입을 했느냐? 이걸 묻고 싶은 거겠지?"

"맞습니다."

"고칠 자신이 있었으니까."

채승범이 두 눈을 치켜뜨고 바라보자, 노우진이 덧붙였다.

"벌써 나아지고 있어."

"네?"

"더 이상 감추거나 숨기지 않고 스티브 블래스 증후

군을 잃고 있다는 것을 인정하기 시작했잖아. 문제의 해결은 솔직히 인정하는 것부터 시작하는 법이거든."

"……"

"자네 진짜 문제가 뭔지 알려줄까? 완벽주의야."

"완벽… 주의?"

"최고의 플레이를 펼쳐야 한다. 단 하나의 실수도 용납하지 않겠다. 그러기 위해서는 최상의 컨디션과 몸 상태를 유지해야 한다. 그래서 담배는 물론이고 한 방울의 술도 마시지 않겠다. 강박에 가까운 완벽주의지. 어때? 내 말이 틀렸나?"

채승범이 마지못해 고개를 끄덕였다.

반박할 말을 찾기 힘들 정도로 노우진의 이야기는 정확히 정곡을 찌르고 있었다.

"생맥주 한 잔쯤은 마셔도 괜찮아. 그 정도는 경기에 전혀 지장을 주지 않으니까. 줄담배를 피우는 선수들도 있는데 그 정도쯤은 아무 것도 아니지 않아? 그리고 실책 좀 하면 어때? 다음 경기에 더 잘하면 되는 거 아냐?"

"그렇지만……"

"떠올려봐."

"뭘 말입니까?"

채승범이 질문을 던지자, 노우진이 대답했다.

"언제부터 스티브 블래스 증후군을 앓기 시작했는지."

생맥주 한 잔을 더 주문한 채승범은 장고에 잠겼다. 20여 분 가까이 입을 꾹 다문 채 생각에 빠진 채승범으로 인해 우진은 딱히 할 일이 없었다. 그래서 맥주만 홀짝이고 있을 때, 채승범이 마침내 입을 뗐다.

"재작년 준플레이오프에서 실책을 범했을 때부터였습니다."

"좀 더 자세히 말해봐."

다시 떠올리기 아픈 기억이어서일까? 채승범이 표정을 일그러뜨린 채 그날의 일을 자세히 풀어놓기 시작했다.

"때는 여울 데블스와의 준플레이오프 1차전이었습니다. 4 : 3으로 앞서고 있다가 9회 말에 2사 2, 3루의 위기가 찾아왔습니다. 2사 후였기에 짧은 안타 하나만 나와도 경기가 뒤집히는 상황이었는데, 다행히 마지막 타자가 친 공은 평범한 내야 땅볼이었습니다. 타구 방향이 좀 깊긴 했지만, 충분히 처리할 수 있는 공이었습니다. 공을 캐치하는 데 성공했고, 글러브에서 빼내는 타이밍도 완벽했습니다. 그런데 제가 던진 1루 송구가 빗나갔습니다. 연습과 실전을 통해서 수천 번도 넘게 비슷한 상황에서 송구를 했는데, 왜 하필 그때 송구가 빗나갔는지는 아직도 모르겠습니다. 어쨌든 제 송구 실책으로 인해서 승부는 뒤집혔고, 준플레이오프 1차전의 승리는 여울 데블스로 넘어갔습니다. 그리고 결국 그해 청우 로얄스는 준플레이오프에서 탈락했습니다. 그 실수 때문에 1차전을 넘겨준 것이 준플레이오프 탈락의 가장 큰 요인이었습니다. 제 기억이 틀리지 않다면 그날 이후로 스티브 블래스 증후군을 앓기 시작했던 것 같습니다."

목이 타서일까? 생맥주를 마시는 채승범을 바라보던 우진이 창밖으로 시선을 돌렸다.

지금 채승범이 말한 경기는 우진의 기억 속에도 남아 있었다.

당시 TV 중계를 통해서 준플레이오프 경기를 보았던 우진은 팀의 패배로 이어진 결정적인 송구 실책을 범한 후, 죄인처럼 고개를 푹 숙이고 있던 채승범의 표정까지 생생하게 기억에 남아 있었다.

"내 생각은 달라."

"네?"

"자네가 스티브 블래스 증후군을 앓게 된 계기는 그 경기가 아냐."

채승범은 의아한 시선을 던지고 있었지만, 우진은 단언했다.

한성 비글스 팀의 감독이 되기 전, 게임볼의 감독이었던 시절부터 우진은 채승범이라는 선수에게 관심이 많았다.

그래서 채승범이 스티브 블래스 증후군을 앓게 된 진짜 계기가 무엇인지도 알고 있었다.

"그 전부터야."

"……?"

"정진호가 청우 로얄스 팀에 입단한 것이 자네가 스티브 블래스 증후군을 앓게 된 진짜 계기였어."

정진호는 주전 유격수였던 채승범을 밀어내고 현재 청우 로얄스 팀의 주전 유격수 자리를 꿰차고 있는 선수였다. 그리고 군더더기 없는 깔끔한 수비와 정교한 타격 솜씨를 뽐내고 있는 정진호는 프로 입단 전부터 한국 최고의 유격수 계보를 이을 선수라는 평가를 받았을 정도로 팬들의 기대를 한 몸에 받았었다.

"자넨 두려웠던 거야."

"뭐가 두려웠다는 겁니까?"

"정진호가."

"그게 무슨……?"

"정진호에게 주전 유격수 자리를 뺏기지 않을까 계속 두려워했지."

채승범은 절대로 수긍할 수 없다는 표정을 짓고 있었

다. 그렇지만 우진은 개의치 않고 말을 이어나갔다.

"정진호에게 주전 유격수 자리를 뺏길지도 모른다는 두려움은 절대로 실책을 범하지 않겠다는 마음가짐으로 이어졌고, 자네가 강박에 가까운 완벽주의를 추구하는 원인이 됐어. 술을 끊은 것도 아마 그 무렵부터였을 걸. 맞나?"

"그건… 맞습니다."

"자네가 여울 데블스와의 준플레이오프 1차전에서 그렇게 큰 실책을 범하게 된 계기도 그 강박이 원인이 됐지. 더 잘해야 한다는 강박이 몸을 굳게 만들었고 실책으로 이어졌지. 그리고 그 실책을 계기로 주전 유격수 자리를 정진호에게 빼앗긴 후에는 스티브 블래스 증후군이 더 심해졌을 거야. 정진호에게 빼앗긴 주전 유격수 자리를 어서 되찾아와야 한다는 자네의 강박이 더 심해졌을 테니까."

여기까진 생각지 못해서일까? 아니면, 감추고 싶었던 속내를 들킨 탓일까? 채승범은 계속 입을 다문 채, 탁자 아래로 시선을 떨구고만 있었다. 그런 그를 물끄러미 바라보던 우진이 덧붙였다.

"여기는 치열한 승부가 펼쳐지는 경기장이 아니라 호프집이야. 하지만 자네는 지금도 잔뜩 긴장하고 있어."

"그건……."

"경기가 끝나면 호프집에서 맥주도 한 잔씩 마셔. 긴장을 푸는 데 도움이 될 테니까. 그리고 편하게 경기에 나서. 어차피 주전 경쟁은 없으니까."

"……?"

"올 시즌이 끝날 때까지 우리 팀의 주전 유격수 자리는 자네의 것이야. 계속 실책을 저질러도 절대로 바꾸지 않을 거야. 그건 감독인 내가 보증하지."

전혀 예상치 못했던 이야기였던 탓일까? 채승범이 탁자 아래로 떨구고 있던 고개를 들고 두 눈을 부릅떴다.

"정말이십니까?"

"물론이야. 우리 팀은 청우 로얄스와는 다르거든."

"……?"

"청우 로얄스 팀이야 여전히 가을 야구를 하기 위해서 바쁘게 달려가고 있지만, 한성 비글스 팀은 탈꼴찌가 목표인 팀이야. 그리고 솔직히 말하면 9위든 10위든 별의미가 없는 건 마찬가지지. 그러니까 남은 시즌 동안편하게 경기해."

9위와 10위는 차이가 컸다. 몇 년간 꼴찌를 도맡아온 한성 비글스 팀의 입장에서는 더욱 그랬다.

이번 시즌에 탈꼴찌에 성공하면 팀에 만연해 있는 패배주의를 조금은 몰아낼 수 있을 테니까. 그렇지만 우진은 속내를 감추고 씩 웃으며 다시 입을 뗐다.

"청우 로얄스와 한성 비글스 팀은 다른 점이 하나 더 있어. 알려줄까?"

"뭡니까?"

"1루수!"

의아한 시선을 던지고 있는 채승범에게 우진이 덧붙였다.

"수비가 좋은 1루수를 보유하고 있지."

Chapter 7

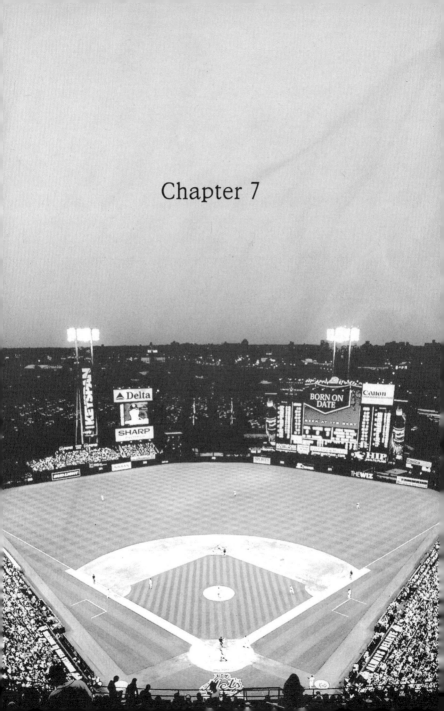

　간밤에 잠을 설친 탓에, 아침부터 머리가 개운하지 않았다. 두통약을 삼키고 나서야, 간신히 머리가 돌아가기 시작했다.

　우진이 간밤에 깊게 잠을 이루지 못한 가장 큰 이유는, 오늘부터 펼쳐질 대승 원더스와의 3연전 때문이었다.

　대승 원더스는 어느 누구도 부인할 수 없는 강팀이었다. 현재 리그 1위를 달리고 있는 것은 물론이고, 재작년과 작년에도 타 팀들과 압도적인 전력 차를 선보이며 우승을 차지한 것이 바로 대승 원더스였다.

"꼭 이기고 싶은데."

우진도 어쩔 수 없는 승부사였다. 대승 원더스 팀과 한성 비글스 팀의 전력이 객관적으로 현저히 차이가 나는 것은 부인할 수 없는 사실이었지만, 현재 리그 1위를 달리고 있는 대승 원더스와의 맞대결에서 이겨보고 싶은 욕심이 생기는 것은 승부사이니만큼 어쩔 수 없었다. 그리고 그 이유가 다는 아니었다.

경기 시작 삼십 분 전, 우진이 원정 팀인 대승 원더스의 더그아웃을 향해 시선을 던졌다. 잠시 망설이던 우진이 결국 그라운드를 가로질러 원정 팀 더그아웃 쪽으로 걸음을 옮겼다. 우진이 다가오는 것을 확인한 대승 원더스의 감독인 박상호가 모자를 눌러쓰고 더그아웃을 빠져나왔다.

"그동안 잘 지내셨습니까?"

"그럭저럭."

깔보는 듯한 작고 번들거리는 박상호의 눈빛을 오래간만에 다시 마주한 순간, 입맛이 썼다. 시간이 꽤 많이 흘렀지만, 특유의 눈빛은 여전히 그대로였다. 그래서 우진의 말문이 잠시 막힌 사이, 박상호가 한쪽 입꼬리를 말아올리며 입을 뗐다.

"꽤 놀랐다."

"왜 놀라셨습니까?"

"네가 프로야구 팀의 감독이 될 줄은 몰랐거든."

우진이 슬쩍 미간을 좁혔다. 지금 박상호가 던진 말이 '감히 네깟 놈이 프로야구 감독이 될 수 있었다는 게 도무지 이해가 안 간다'는 표현처럼 느껴졌기 때문이었다. 빈정이 상한 우진도 지지 않고 대꾸했다.

"저도 놀랐습니다."

"왜 놀랐지?"

"감독님이 우승씩이나 할 줄은 몰랐거든요."

보기 좋게 한 방 얻어맞았음에도 불구하고, 박상호는 전혀 동요하지 않았다. 입가에 머물러 있는 비웃음을 지우지 않은 채 고개를 절레절레 흔들었다.

"여전하구나."

"뭐가 말씀이십니까?"

"건방진 것은 여전해."

박상호는 190센티미터에 가까울 정도로 키가 컸다. 마치 경멸하듯 아래로 내려다보고 있는 박상호의 시선을 마주한 순간, 간신히 유지하고 있던 이성의 끈이 하마터면 뚝 끊어질 뻔했다. 지그시 이를 깨문 채 우진이 물었다.

"그래서였습니까?"

"응?"

"내 태도가 마음에 안 들어서 그렇게 하셨습니까?"

"뭘 말하는 것이냐?"

"일부러 혹사시켰잖습니까?"

우진이 화를 참으며 간신히 꺼낸 말을 듣던 박상호가 픽 소리가 나게 웃었다. 그리고 다시 한 번 고개를 흔들며 입을 뗐다.

"뭔가 크게 오해하고 있군!"

"……?"

"일부러 혹사를 시켰던 게 아냐. 난 이기기 위한 야구를 했던 것뿐이야. 그게 감독인 내 역할이었지."

꺼릴 것 없다는 표정으로 당당하게 대꾸하는 박상호를 노려보던 우진의 눈동자가 이글이글 타올랐다. 그리고 투수로서 마지막으로 마운드 위에 올랐던 그날의 기억이 떠오르기 시작했다.

가을이 성큼 다가오며 프로야구 시즌은 어느새 막바지로 접어들었다. 가을 야구에 진출할 수 있는 4위 자리를 차지하기 위해서 경쟁하는 것은 세 팀이었다.

심원 패롯스와 교연 피콕스, 그리고 한성 비글스 팀간의 막바지 순위 경쟁은 유례를 찾아보기 힘들 정도로 치열하게 전개되고 있었다.

4위인 심원 패롯스와 6위인 한성 비글스 팀 사이의 경기 차는 불과 한 경기. 매 경기 결과에 따라서 4위

자리의 주인이 뒤바뀔 정도로 혼돈이 극에 달한 상황이었다. 그리고 4위 경쟁의 분수령이라고 해도 과언이 아닐 정도로 중요한 경기인 심원 패롯스와 한성 비글스팀의 경기가 펼쳐졌다.

6 : 6

가을 야구 진출이 절박한 두 팀의 대결은 팽팽하게 이어졌다. 양 팀 선발이 초반에 동시에 난조를 보이며 무너진 상황에서 일찌감치 불펜 투수들이 투입됐다.

매년 하위권을 맴돌던 한성 비글스 감독으로 부임한 지 2년 만에 치열한 중위권 싸움을 벌이고 있는 박상호는 이번 시즌을 끝으로 계약이 만료되는 상황이었다. 그래서 가시적인 성과인 가을 야구 진출이 절박했던 박상호가 꺼내든 필승 카드는 우진이었다.

"노우진, 준비해. 다음 이닝부터 던진다."

박상호의 지목을 받은 우진이 인상을 썼다. 투수 운용은 전적으로 감독의 권한이었다. 그렇지만 이건 너무 지나치다는 생각이 들었다.

대학 시절에 입었던 팔꿈치 부상 탓에 1년 가까이 재활을 했다. 지루한 재활 과정을 이를 악물고 견딘 끝에 간신히 회복했는데, 부상에서 회복하자마자 과부하가 걸릴 정도로 등판이 너무 잦았다.

4위 싸움이 본격적으로 펼쳐지기 시작한 지난 열 경

기에서 불펜 투수인 우진은 타선이 폭발하며 일찌감치 승리를 확정했던 딱 한 경기를 제외하고는 모두 등판했다. 그리고 등판 때마다 투구 수가 적었던 것도 아니었다.

평균 20개 가까이 던졌고, 지난 두 번의 등판에서는 각각 35개와 47개의 공을 뿌렸다. 그런데 휴식은커녕 또다시 등판하라는 지시를 받자, 신경이 곤두서는 것은 어쩔 수 없었다.

부상 부위였던 팔꿈치가 욱신거렸다.

'부상 재발?'

부상이라는 악령의 그림자가 다시 덮칠지도 모른다는 생각이 든 순간, 자연스레 공포가 밀려들었다. 그리고 길고도 힘들었던 재활 과정이 다시 머릿속에 떠오른 순간, 박상호에게 반감이 치밀었다. 그래서 우진이 더 참지 못하고 입을 열었다.

"경기에 나서기 힘들 것 같습니다."

"지금 뭐라고 했어?"

"오늘 경기에 나서기 힘들 것 같다고 했습니다."

"그게 무슨 헛소리야?"

"팔꿈치가 아픕니다."

우진이 팔꿈치 통증을 호소했지만, 박상호는 들은 척도 않았다. 그리고 다시 한 번 지시를 강행했다.

"등판 준비하라고 했어."

"감독님!"

"오늘 경기가 얼마나 중요한지 몰라?"

"알고 있습니다."

"그렇게 잘 알고 있는 놈이 엄살을 부려? 지금 우리 팀 불펜이 모두 붕괴된 상황이란 거, 너도 알고 있잖아?"

박상호의 말은 사실이었다. 가을 야구 진출을 위한 막바지 경쟁을 벌이고 있는 한성 비글스 팀의 불펜진은 이미 붕괴된 상황이었다. 그리고 그 원인은 바로 박상호의 무리한 투수 운용이었다.

등판 간격과 투구 수를 조절해 주지 않고 무리하게 투수 운용을 한 탓에 불펜 투수들은 하나둘 부상을 입고 전력에서 이탈했다. 2군에서 급히 투수들을 불러올리긴 했지만, 박상호는 1군으로 콜업 된 투수들을 등판시키지 않았다. 대신 접전 상황에서 믿고 올릴 수 있는 얼마 남지 않은 불펜 투수들만 계속 등판시켰다.

실제로 박상호의 무리한 투수 운용은 언론에서도 질타를 받고 있었다.

성적 지상주의.

가을 야구 진출을 위해서 선수들을 혹사시켜서 부상을 입게 만드는 것이 옳지 않다고 비판하는 기사들이 쏟아졌지만, 박상호는 그 기사들을 보지 못한 사람처럼 여전히 고집을 부리고 있었다.

"명색이 프로 선수란 놈들이 하나같이 책임감이 없어, 책임감이. 부상 입은 것을 데려와서 구단에서 비싼 돈 주고 재활까지 시켜줬으면 이럴 때 등판해서 구단에 빚을 갚아야 하는 거 아냐? 내 말이 틀렸어?"

박상호의 말은 이번에도 틀리지 않았다. 대학 시절 부상을 입었다는 것을 알면서도 신인 드래프트에서 지명해 준 한성 비글스는 분명히 우진에게 고마운 팀이었다. 그렇지만 한성 비글스라는 구단에 고마운 것이지, 한성 비글스 팀의 감독인 박상호에게 고마운 것은 아니었다.

'한성 비글스라는 팀을 위해서가 아니라 감독님의 욕심 때문이 아닙니까?'

우진이 판단하기에 계약 만료를 앞두고 있는 박상호는 자신의 커리어를 쌓기 위해서 선수들을 혹사시키고 있었다. 목구멍까지 치밀었던 말을 간신히 삼키며 우진이 등판 준비를 시작했다.

"최대한 길게 던져!"

박상호가 비릿하게 웃으며 던진 말을 듣고서 우진이 마운드에 올랐다. 그리고 마운드에 서서 하늘을 올려다보았다.

'폭우라도 쏟아지면 좋으련만!'

강우로 인해 경기가 중단되길 바랄 정도로 공을 던지기 싫었다. 그렇지만 우진의 바람과 달리 하늘은 구름 한 점 찾아보기 어려울 정도로 맑았다. 그날, 마운드에 오른 우진은 박상호의 지시대로 3이닝을 책임졌다.

투구 수 52개. 안타 3개와 사사구 한 개를 허용하긴 했지만 우진은 3이닝을 무실점으로 틀어막고 마운드에서 내려왔다. 그리고 우진의 호투가 발판이 되어서 한성 비글스 팀은 심원 패롯스와의 경기에서 2점 차로 승리했고, 그 경기가 전환점이 되어서 그해 결국 가을 야구에 진출했다. 그렇지만 우진은 준플레이오프 경기에 출전하지 못했다. 팔꿈치 부상이 재발해서 수술대에 올랐기 때문이었다.

당시 한성 비글스 팀의 감독인 박상호는 모든 영광과 명예를 한 몸에 받았다. 그렇지만 우진을 비롯한 선수들에게는 상처뿐인 영광에 불과했다.

길고 힘든 재활을 묵묵히 참고 견뎠지만, 우진은 결국 투수로서 다시 마운드에 서지 못했다. 반면에 박상호는 하위권을 맴돌던 한성 비글스 팀을 가을 야구에 진출시킨 커리어를 인정받아 대승 원더스 팀으로 옮기는 데 성공했다.

모든 야구 감독들은 승리를 원한다. 팀이 패배하기를 원하는 감독은 세상에 존재하지 않았다. 그러니 이기기 위한 야구를 했을 뿐이라는 박상호의 말은 분명히 설득력이 있었다. 하지만 우진은 그 말에 수긍할 수 없었다.

'내가 틀린 걸까?'

감독과 선수는 입장이 다른 법이었다. 선수로서 우진은 박상호를 원망했다. 오직 자신의 욕심을 채우기 위해서 선수들을 희생시켰다고 판단했기 때문이었다. 그러나 지금은 입장이 달라졌다. 우진도 한성 비글스라는 팀을 이끌어 가는 감독이었기 때문이었다. 그래서 바뀐 입장에서 고민해 봤지만, 우진의 생각은 여전히 달라지지 않았다.

'승리가 전부는 아냐!'

우진이 박상호의 앞으로 손을 내밀었다. 놀란 표정을 짓던 박상호가 한참 만에야 손을 뻗어 악수에 응했다.

"이겨야겠습니다."

"날 이기겠다?"

"네."

"그게 가능할까?"

"……."

"한성 비글스 팀을 이끌고 내가 이끄는 대승 원더스 팀을 이기는 것이 정말 가능하다고 생각하나?"

박상호의 입가에 머물러 있던 비웃음이 짙어졌다. 다시 한 번 반발심이 치밀었지만, 우진은 꾹 눌러 참았다.

"물론 어렵다는 건 압니다."

"그런데도 해보시겠다?"

"나도 경기에서 지고 싶지 않은 감독이니까요."

"이거 자꾸 깜박하는군. 자네도 감독이지."

픽 소리가 나게 웃고 있는 박상호를 노려보던 우진이 덧붙였다.

"오늘 같은 날이 찾아오길 오랫동안 기다렸습니다."

"그래?"

"보여 드리죠."

"뭘 보여준다는 건가?"

"당신과는 다른 방식으로도 이길 수 있다는 것을."

"……."

"그리고 당신이 틀렸다는 것을."

어쩌면 박상호에 대한 막연한 반감 때문일지도 몰랐다. 그렇지만 우진은 이번 대승 원더스와의 경기에서 무슨 수를 써서라도 꼭 이기고 싶었다.

"어디 할 수 있으면 해봐. 기대하지."

우진이 단단한 각오를 밝혔지만, 박상호는 전혀 긴장하는 기색이 없었다. 코웃음을 치고 있는 박상호를 노려보던 우진이 천천히 신형을 돌렸다. 그리고 더그아웃으로 다시 돌아오던 우진이 낯익은 얼굴을 발견하고 흠칫하며 멈춰 섰다.

체구가 워낙 작아서일까? 유난히 크게 느껴지는 새까만 양복을 입고 더그아웃 앞에 서 있는 배재후 단장은 키가 작았다. 160센티미터가 간신히 될까 말까 할 정도로 작은 키였지만 당당함 때문인지 전혀 작게 느껴지지 않았다. 그리고 오늘 배재후는 지난번에 만났을 당시와는 분위기가 전혀 달랐다. 그 이유가 무엇일까를 고민하던 우진은 곧 알아챘다. 배재후의 입가에 머물러 있던 사람 좋아 보이던 웃음이 사라졌기 때문이었다.

"여긴 어쩐 일이십니까?"

"꼭 내가 오면 안 될 곳을 찾아온 것처럼 말하는군."

다짜고짜 반말을 던지는 배재후로 인해 살짝 기분이 상했다. 하지만 겉으로 내색하지 않고 우진이 웃으며 말했다.

"그런 뜻은 아니었습니다."

"한번 만날 때가 된 듯해서 찾아왔네."

"말씀하시죠."

"재주가 좋더군!"

"무슨 뜻이십니까?"

"구단주를 잘 구워삶았어."

작심하고 찾아온 듯 배재후는 거침이 없었다.

"구단주를 등에 업고 있으니 눈에 보이는 게 없나 본데. 솔직히 말하지. 노 감독이 너무 독단적이라는 생각이 들어서 기분이 상하더군."

배재후는 겉으로 감정을 드러내는 스타일이 아니었다. 무표정한 얼굴로 독설을 퍼붓는 스타일이었다. 배재후가 뒷짐을 진 채 던지고 있는 이야기가 이번 트레이드에 대한 것임을 알아챈 우진이 입을 뗐다.

"팀을 위한 결정이었습니다."

"팀?"

"네, 한성 비글스 팀의 미래를 위해서 했던 트레이드였습니다."

우진이 반박했지만 배재후는 수긍하는 기색이 아니었다.

"책임을 회피하려고 변명을 늘어놓는군."

"그럴 생각은 없습니다."

"그럼 이번 트레이드 실패에 대한 책임을 지겠다는 뜻인가?"

은테 안경 너머의 작은 눈을 가늘게 뜬 채 질문을 던지는 배재후를 바라보던 우진이 어깨를 쭉 폈다. 만약 책임질 일이 있다면 책임을 질 생각이었다. 하지만 아직은 트레이드의 성패와 책임을 논하기에는 너무 일렀다.

"원하시는 게 뭡니까?"

"충고, 그리고 경고를 해주기 위해서 찾아왔네."

충고와 경고라. 둘 중 어느 것도 달갑지 않았지만 우진이 마지못한 표정으로 귀를 기울였다.

"우선 충고부터 하지. 함부로 설치치 말게."

"아무래도 말씀이 지나치신 것 같습니다."

"내 말이 지나치다고? 역시 구단주를 제대로 구워삶았다고 생각하나 보군. 하지만 하나 충고해 주지. 구단주를 너무 믿지 말게."

우진이 지그시 입술을 깨물었다. 귀담아 듣고 싶지 않은 충고였지만 신경이 쓰이는 것은 어쩔 수 없었다. 그 이유는 비슷한 충고를 이지승에게서도 들었기 때문이었다.

"구단주는 야구가 뭔지 모르는 철부지일 뿐이야. 어떻게 설명하면 될까? 지금 구단주에게 한성 비글스라는 팀은 장기판이나 마찬가지야. 지금이야 잠깐 흥미를 느끼고 있지만 그 흥미가 떨어지면 언제든 버릴 수 있지. 그리고 자네는 구단주가 가지고 노는 장기판의 말 중 하나일 뿐이야."

배재후의 표현은 여전히 거침이 없었다. 그러나 딱히 반박할 말을 찾기 힘들었다. 우진이 구단주인 강균성을 알고 지낸 시간은 채 두 달도 되지 않았고 아직 강균성이라는 사람에 대한 확신을 갖기에는 이른 시점이었기 때문이었다. 그래서 우진이 입을 다물고 있자 배재후가 만족스러운 기색을 드러내며 덧붙였다.

"충고는 이쯤하고 이번에는 경고를 해주지. 자네의 임기가 내년까지였나? 앞으로도 계속 이런 식으로 독단적인 결정을 내린다면 그 임기를 채우지 못하고 감독직에서 물러나게 될 거야."

"듣기 불편하군요."

"불편해? 뭐가 불편하다는 거지?"

"제 임기를 결정하는 것이 단장님입니까?"

"……"

"저는 아니라고 알고 있습니다. 그리고 계약서에도 제 계약 기간은 엄연히 보장되어 있습니다."

"흥, 계약서? 그깟 종이 쪼가리가 무슨 대수라고. 지금까지 프로 팀을 거쳐 간 숱한 다른 감독들은 계약서에 임기가 보장되어 있지 않았을 것 같은가? 그 감독들과 같은 전철을 밟지 말게."

배재후가 던지는 강렬한 시선을 우진도 피하지 않고 맞받았다. 엄밀하게 말하면 이건 경고가 아니라 협박에 가까웠다. 문제는 지금 협박하고 있는 배재후가 그럴만한 힘과 능력을 갖추고 있다는 점이었다.

"혹시 신인 드래프트 선수 지명 때문에 이런 경고를

하시는 겁니까?"

"그것만이 아니지."

"……."

"확대 엔트리 명단이나 선수 기용, 팀과 관련된 모든 사안을 우리 프런트와 미리 상의했으면 하는 바람이네."

배재후의 말을 듣고 있던 우진이 결국 참지 못하고 미간을 찌푸렸다. 정규 시즌 종료가 다가오면서 기존 26명이었던 1군 엔트리의 정원을 31명으로 늘릴 수 있는 확대 엔트리가 적용됐다.

가을 야구, 즉 포스트 시즌 진출이 가능한 팀의 경우는 긴 정규 리그 레이스에 지쳐 버린 주전 선수들의 체력 안배 및 부상 방지 차원의 배려였고, 포스트 시즌 진출이 어려운 팀의 경우는 다음 시즌을 준비하는 차원에서 유망주들의 시험 무대로 삼기 위해서 2군 선수를 기용할 수 있게 되는 것이었다.

한성 비글스 팀의 감독으로서 내년 시즌을 대비해야 하는 우진은 이번 확대 엔트리를 통해서 1군 무대에서 점검하고 경험을 쌓게 만들 유망주들을 이미 점찍어 두고 있었다. 그렇지만 배재후는 기기에 태클을 걸고 있었다. 그뿐이 아니었다. 엄연히 감독의 고유 권한인 선수 기용까지 간섭하려 하고 있었다.

이건 명백한 월권 행위였다. 그래서 우진이 더 참지

못하고 반박하려다가 도중에 입을 다물었다. 어느덧 경기 시작 시간이 다가왔기 때문이었다.

"내가 한 충고, 흘려듣지 않는 편이 좋을 걸세."

마지막으로 한마디를 덧붙인 배재후가 먼저 돌아섰다. 그 뒷모습을 물끄러미 지켜보던 우진이 주머니에서 두통약을 꺼내 입속에 털어 넣었다.

대승 원더스와의 경기를 앞두고 잠을 설친 탓에 생긴 두통이 배재후를 만나고 나서 더욱 심해졌다.

우진은 지끈거리는 머리를 부여잡은 채 오늘 경기에 나설 대승 원더스 팀의 라인업을 확인했다.

1번 타자 : 한승원(2루수)
2번 타자 : 이영기(좌익수)
3번 타자 : 채태수(우익수)
4번 타자 : 최원우(1루수)
5번 타자 : 브랜들리(DH, 지명타자)
6번 타자 : 정인구(중견수)
7번 타자 : 김상순(유격수)
8번 타자 : 조성윤(3루수)
9번 타자 : 양철진(포수)
선발투수 : 윤규진

정규 시즌 막바지에 이르렀지만 대승 원더스는 아직 리그 우승을 확정 짓지 못했다. 시즌 막판 무서운 상승세를 타고 있는 우송 선더스의 맹추격을 받고 있었던 것이다.

'우송 선더스와의 치열한 선두 경쟁을 의식한 걸까? 그게 아니면 날 의식한 걸까?'

오늘 경기 대승 원더스의 라인업은 현재 박상호가 꺼내 들 수 있는 베스트 라인업이었다. 게다가 선발투수도 윤규진을 내세웠다.

타고투저 현상이 두드러지는 올 시즌임에도 불구하고 15승 4패, 방어율 2.27로 최고의 성적을 기록하고 있는 윤규진은 명실공히 국내 최고의 투수였다. 메이저리그 출신인 외국인 투수 맨티스를 제치고 팀의 1선발을 지키고 있는 것이 그가 얼마나 뛰어난 투수인지 알려주는 증거였다. 그런 윤규진이 오늘 경기에 선발로 출전한 것을 확인한 우진은 후자가 맞다는 판단을 내렸다.

대승 원더스 팀의 막강한 라인업을 확인하고 나서 우진이 답답한 한숨을 토해냈다. 그나마 다행인 것은 우진이 눈으로 직접 확인하기 전에 미리 예상했던 라인업과 큰 차이가 없다는 점이었다. 대승 원더스 팀의 라인업에서 쉽사리 시선을 떼지 못하던 우진이 간밤에 잠을 설쳐 가며 짠 한성 비글스 팀의 라인업을 떠올렸다.

1번 타자 : 고창성(2루수)

2번 타자 : 장기형(DH, 지명타자)

3번 타자 : 채승범(유격수)

4번 타자 : 백병우(1루수)

5번 타자 : 강우규(중견수)

6번 타자 : 전선형(우익수)

7번 타자 : 양영동(3루수)

8번 타자 : 송일국(좌익수)

9번 타자 : 정의지(포수)

선발투수 : 유현식

우진이 짠 선발 라인업은 이전과는 분명히 차이점이 있는 라인업이었다. 아니, 단순히 차이점이 있는 것이 아니라 야구 전문가들이 본다면 고개를 갸웃거릴 것이 틀림없을 정도로 파격적인 라인업이었다.

가장 큰 차이점은 5번 지명타자로 출전하던 장태준이 라인업에서 아예 빠지고 채승범이 이적하기 전까지 주전 유격수로 활약했던 장기형이 지명타자로 나선다는 점이었다. 또 붙박이 1번 타자나 다름없었던 고동선을 라인업에서 제외하고 올 시즌 주로 대주자로 출전했던 고창성에게 선두 타자의 임무를 맡겼다. 그리고 라인업에만 변동을 준 것이 아니라 타순에도 변동을 크게 줘서 주로 2번 타자로 출전시켰던 채승범에게 클린업트리오 중 한 자리를 맡겼다.

한성 비글스 팀의 코치진들조차 고개를 갸웃거리며 반대 의견을 쏟아냈지만 우진은 뜻을 굽히지 않았다.

만약 이 선발 라인업으로 경기에 나섰다가 무기력하게 패한다면 비난이 쏟아질 것이 뻔했지만 우진이 반대를 무릅쓰고 고집을 부린 이유는 오늘 경기에서 꼭 이기고 싶었기 때문이었다.

대승 원더스는 누구도 부인할 수 없는 리그 최강 팀이었다. 어떻게든 물고 늘어질 약점을 찾아보려고 했지만 눈을 씻고 봐도 약점을 찾아내기 어려웠다.

팀 타율이 2할 9푼대로 무려 3할에 육박했고 현재 3할대 타율을 기록하고 있는 타자들도 무려 여섯 명이나 포진해 있었다.

팀 방어율도 3점대 초반으로 리그 1위를 달리고 있었다. 윤규진과 맨티스가 원투펀치를 맡고 있는 선발진은 막강했고 작년 홀드왕인 안치만이 이끄는 중간 계투진과 리그 최정상급 마무리 투수인 오상현의 존재감까지.

선발 라인업만 놓고 비교해 보면 객관적인 전력 차가 너무 극심했다. 하지만 절망적인 상황에서도 우진은 끝까지 포기하지 않았고 결국 대승 원더스와의 경기에서 이길 수 있는 한 가지 비책을 찾아내는 데 성공했다.

느긋하게 팔짱을 낀 채 감독석에 앉아 있는 박상호를 노려보던 우진이 마운드를 향해 걸어 올라가고 있는 유현식을 바라보며 중얼거렸다.

"가장 중요한 건 유현식이 얼마나 버텨 주는가 여부지."

Chapter 8

　따악. 대승 원더스의 3번 타자인 채태수가 휘두른 배
트에 맞은 타구가 높은 포물선을 그리면서 외야로 향했
다. 유현식이 힘껏 던진 직구에 분명히 배트가 밀렸지만
채태수의 손목 힘은 괴력에 가까웠다. 중견수가 펜스
앞에서 어렵사리 타구를 잡자마자 3루 주자가 태그업을
했다. 워낙 깊은 외야 플라이라 중견수는 홈 승부를 해
볼 엄두도 내지 못했다.

　0 : 1

　1회 초부터 실점을 허용한 유현식이 고개를 좌우로
꺾었다. 2루타 하나와 진루타가 된 내야 땅볼, 그리고

깊숙한 외야 플라이. 손쉽게 득점을 올리는 정석이라고 불러도 좋을 정도로 깔끔한 공격이었다. 2사에 주자가 없는 상황에서 4번 타자인 최원우를 포수 파울플라이로 처리하고 이닝을 마친 유현식이 더그아웃으로 돌아왔다.

투구 수 17개, 선두 타자인 한승원에게 2루타를 허용해 불안하게 출발하며 1실점을 허용하긴 했지만 막강 타선을 자랑하는 대승 원더스를 상대로 이 정도면 출발이 나쁘지 않다는 생각이 들었다. 그래서 그리 나쁘지 않은 기분으로 수건을 들어 땀을 닦으며 유현식이 마운드를 향해 시선을 던졌다.

오늘 경기에 대승 원더스의 선발투수로 출전한 윤규진의 모습이 보였다. 선두 타자로 출전한 고창성을 상대하기 위해서 초구를 뿌리는 윤규진의 투구 폼은 역동적이면서도 물 흐르듯 자연스러웠다.

팍. 포수의 미트에 공이 꽂히고 난 후 전광판을 확인하자 151㎞의 구속이 찍혀 있었다. 2구 역시 바깥쪽 직구. 배트를 휘둘러 볼 생각도 하지 못하고 물끄러미 공을 지켜보던 고창성은 3구째에 몸 쪽 커브가 들어오자 기다렸다는 듯이 배트를 휘두르려다 도중에 멈추고 움찔하며 뒤로 물러났다.

"스트라이크아웃!"

삼 구 삼진.

몸 쪽 꽉 찬 코스를 통과해서 포수의 미트에 꽂혀 있는 공을 확인한 고창성이 고개를 절레절레 흔들며 타석에서 물러났다.

"왜 멈춘 거지?"

유현식이 의아한 시선을 던졌다. 고창성은 노 볼 2스트라이크의 불리한 볼카운트로 몰린 순간 노림수를 갖고 타석에 들어섰다. 그리고 분명히 몸 쪽 공을 노리고 있었는데 정작 몸 쪽 공이 들어온 순간 배트를 휘두르다가 도중에 멈추었다.

"경험이 없어서겠지."

유현식이 한숨을 내쉬었다. 고창성이 선발 라인업에 포함된 것은 물론이고, 선두 타자로 나선 것도 이번 시즌에 처음이었다. 주로 대주자로 출전했던 고창성인만큼 타석에 들어서는 것조차 무척 낯설 터였다. 그래서 노리고 있던 몸 쪽 공이 들어왔음에도 제대로 배트조차 휘둘러 보지 못하고 삼진을 당했으리라.

"경험이 없는 것은 감독도 마찬가지지."

고창성을 오늘 경기의 선발 라인업에 포함시킨 것은 유현식으로서도 이해하기 어려운 결정이었다. 그리고 이런 점이 아직 초보 감독인 노우진의 무리수이자 한계라는 생각이 들었다.

"스트라이크아웃!"

2번 타자인 장기형 역시 몸 쪽 커브에 배트를 휘둘러 보지도 못하고 삼 구 삼진으로 물러났다. 역시 고개를 절레절레 흔들며 더그아웃으로 돌아오고 있는 장기형의 모습을 바라보던 유현식도 고개를 흔들었다.

장기형 역시 최근 몇 경기에서 선발 라인업에서 빠졌다가 복귀한 상황이었다. 고창성만큼은 아니더라도 타석이 낯설긴 마찬가지리라. 하지만 아직 끝이 아니었다. 3번 타자인 채승범까지 헛스윙 삼진을 당하며 삼 구 삼진으로 물러났다. 고개를 흔들고 있는 채승범을 바라보는 대신 유현식은 마운드 위에 서 있는 윤규진에게 시선을 던졌다.

1회 투구 수는 불과 아홉 개.

세 명의 타자를 모두 삼 구 삼진으로 돌려세운 윤규진이 주먹을 불끈 움켜쥔 후 관중석을 힐끗 살폈다. 윤규진의 시선이 향한 관중석에는 메이저리그 스카우터들의 모습이 보였다.

"스트라이크아웃!"

한성 비글스 팀의 7번 타자인 양영동이 헛스윙 삼진으로 물러나는 모습을 우진이 팔짱을 낀 채 지켜보았다.

경기가 시작된 후 일곱 타자를 연속으로 아웃시키고 있는 대승 원더스 팀의 선발투수 윤규진의 구위는 말 그대로 압도적이었다. 일곱 명의 타자를 상대하는 동안 삼진만 벌써 다섯 개를 잡아내고 있었고, 빗맞은 내야 땅볼 하나와 포수 파울플라이가 한성 비글스 팀의 타자들이 배트에 갖다 맞히는 데 성공한 성과의 전부였다.

윤규진 대 유현식!

오늘 경기의 선발투수를 확인한 순간부터 우진은 투수전이 될 거라 예상했다. 그리고 그 예상은 빗나가지 않았다. 윤규진은 압도적인 구위로 경기를 지배하고 있었고, 유현식도 매 이닝 주자를 내보내는 불안한 모습을 보이긴 했지만 빼어난 위기관리 능력을 선보이며 3이닝을 1실점으로 틀어막고 있었다.

"아직까진 그럭저럭 버티고 있긴 한데!"

마운드 위에 태산처럼 버티고 선 채 자신감 넘치는 투구를 선보이고 있는 윤규진을 바라보던 우진이 고개를 돌려서 더그아웃에서 가쁜 숨을 몰아쉬고 있는 유현식에게 시선을 던졌다.

윤규진은 장점이 많은 투수였다. 구속과 제구가 모두 좋아서 기복이 거의 없었고 방어율도 낮은 편이었다. 그 중에서도 가장 큰 장점은 선발투수로 등판했을 때 긴 이닝을 책임져 준다는 점이었다.

평균 7이닝 이상을 책임지는 윤규진의 모습은 메이저리그 스카우터들에게도 좋은 평가를 받고 있었고, 그래서 오늘 경기에 윤규진의 투구를 지켜보기 위해서 메이저리그 스카우터들과 일본 프로야구 스카우터들이 잔뜩 몰려들어 있는 것이었다.

윤규진과 비교한다면 유현식은 승수와 방어율, 피안타율 등등 전반적인 기록이 떨어지는 편이었다. 그중에서도 가장 큰 차이를 보이는 것은 이닝 이터로서의 면모였다. 유현식은 선발투수로 등판했을 경우에 평균적으로 책임지는 이닝이 5이닝을 간신히 넘기는 수준에 불과했다.

약 2이닝의 차이!

선발투수로서의 능력을 평가하는 데 있어서 2이닝은 무척 큰 차이였다. 그리고 그 차이가 발생하는 이유를 우진은 두 가지로 판단하고 있었다.

첫 번째 이유는 마음가짐.

내가 선발로 등판하는 경기는 끝까지 책임진다. 윤규진은 이런 각오를 다지며 마운드에 오르는 반면, 유현식의 목표는 승리투수의 요건인 5이닝을 채우고 내려오자는 것이었다. 그 마음가짐의 차이는 작은 듯 보였지만, 결과적으로 커다란 차이를 만들어냈다. 윤규진에게 메이저리그 스카우터들의 관심이 쏟아지는 반면에 유현식에게는 아무런 관심도 보이지 않는 것이 그 증거였다.

또 하나의 이유는 승부사 기질이었다.

윤규진은 자신의 공에 대한 믿음이 확고했다. 마음먹은 대로 자신의 공을 뿌리기만 하면 세상에 어떤 타자도 절대로 받아칠 수 없다는 확신이 밑바탕에 깔려 있었기 때문에 유인구를 남발하는 대신 타자들과의 승부를 피하지 않았다. 그 확신과 승부욕이 투구 수를 줄이는 데 도움이 됐고, 덕분에 긴 이닝을 소화할 수 있었다.

반면 유현식은 자신의 공에 대한 확신이 부족했다. 그래서 유인구를 주로 사용하며 타자들과의 정면 승부를 피하는 경우가 잦았고 그 과정에서 자연스레 투구 수가 늘어났다. 그로 인해 5이닝을 마칠 무렵에는 늘 한계 투구 수에 가까워지곤 했다.

"스트라이크아웃!"

우진이 생각에 잠긴 사이, 3회 말 공격에 나선 한성 비글스 팀의 8번 타자인 송일국이 헛스윙 삼진을 당하고 물러났다. 윤규진의 역동적이면서도 환상적인 투구를 뚫어져라 지켜보고 있는 유현식의 모습을 발견한 우진이 곁으로 다가가 물었다.

"메이저리그에서 한번 뛰어보고 싶지 않아?"

휘이익!

매섭게 돌아가던 배트가 가까스로 도중에 멈추었다. 하지만 배트를 멈춰 세우는 것이 너무 늦었다. 이미 배트가 돌아간 상황이라고 확신한 유현식이 주먹을 불끈 쥐었지만 주심의 손은 올라가지 않았다.

포수인 정의지가 벌떡 일어나 1루심을 가리켰지만, 1루심 역시 유현식의 편이 아니었다. 양팔을 가로로 벌리며 타자의 방망이가 돌아가지 않았다고 확인해 줄 뿐이었다.

"돌아갔잖아!"

6회 초 1사 1, 2루의 위기 상황.

1번 타자인 한승원과의 풀카운트 승부 끝에 유현식이 선택한 것은 유인구였다. 스트라이크존을 통과할 듯 보이다가 아래로 뚝 떨어지는 커브는 유현식이 의도한 대로 완벽하게 들어갔다. 그리고 한승원도 유인구에 속아 배트를 분명히 휘둘렀지만 주심과 1루심은 배트가 돌아가지 않고 도중에 멈추었다고 판단한 것인지 볼넷을 선언했다.

"빌어먹을!"

유현식이 글러브 속에 들어가 있던 공을 꽉 움켜쥐었다. 주심의 석연치 않은 판정으로 인해서 2사 1, 2루가 됐어야 할 상황이 1사 만루로 바뀌어 있었다.

99개. 어느새 한계 투구 수에 근접한 탓에 어깨가 무거워졌다. 습관처럼 더그아웃을 향해 시선을 던지며 구조를 요청하려던 유현식이 도중에 멈추고 힘껏 고개를 흔들었다.

"메이저리그에서 한번 뛰어보고 싶지 않아?"

4회 초 수비를 위해서 마운드에 오르기 전에 다가온 노우진이 불쑥 던진 질문이 귓가를 떠나지 않고 계속 맴돌았다.

메이저리그.

세계 최고의 선수들이 모두 모여서 기량을 펼치는 꿈의 무대.

야구를 하는 사람이라면 누구나 메이저리그에서 뛰어보고 싶다는 꿈을 가지고 있었다. 그리고 그것은 유현식도 예외가 아니었다.

세계 최고의 선수들 틈바구니에서 맘껏 기량을 펼치고 싶다는 원대한 꿈을 유현식도 품은 적이 있었다. 그렇지만 그 꿈은 오래가지 못했다.

메이저리그의 벽은 높고 견고했다. 그래서 감히 자신이 도전할 수 있는 무대가 아니라고 판단한 순간, 유현식은 미련 없이 그 꿈을 내려놓았다. 그 후로 한성 비글스 팀의 에이스 역할을 떠맡으며 메이저리그에 대한 꿈을 까맣게 잊고 지냈는데.

한국 야구의 자존심 윤규진, 메이저리그로 진출할까?

윤규진이 메이저리그에 진출할 가능성이 높다는 신문 기사를 얼마 전에 읽었던 적이 있었다. 그리고 그 기사에는 뉴욕 양키스와 뉴욕 메츠, LA 에인절스를 포함한 메이저리그 명문 구단들의 구체적인 이름까지 언급돼 있었다.

그 기사를 처음 접했을 때는 조금 부러운 마음이 들었다. 그러나 얼마 지나지 않아 그 기사는 유현식의 머릿속에서 잊혀졌다. 자신과 메이저리그는 하등 상관이 없다고 생각했기 때문이었다. 그렇지만 지금은 달랐다.

노우진이 뜬금없이 던졌던 질문은 유현식의 메이저리그 진출에 대한 꿈을 다시 떠올리게 만든 계기가 되었다. 평소였다면 무시하고 넘겼겠지만 하필이면 오늘 맞상대하는 대승 원더스의 선발투수가 바로 윤규진이었다.

경기에 선발투수로 출전할 때마다 최소 열 명이 넘는 메이저리그 스카우터들을 끌고 다니는 한국 야구의 에이스이자 자존심!

기사로 접하는 것과 실제로 마운드 위에 서서 피부로 접하는 것은 많이 달랐다. 윤규진을 관찰하기 위해서 관중석에 옹기종기 모여 있는 메이저리그 스카우터들을 직접 확인한 순간, 긴장이 되는 것은 어쩔 수 없었다.

"윤규진을 보러 찾아왔단 말이지?"

윤규진이 마운드에 서지 않는 대승 원더스의 공격이라서일까? 메이저리그 스카우터들은 긴장을 풀고 잡담을 하며 그라운드 쪽으로는 시선조차 던지지 않고 있었다. 그런 메이저리그 스카우터들의 모습이 유현식의 가슴에 불을 질렀다.

빙글! 글러브 속에 들어 있는 공을 빙글 돌리던 유현식이 그립을 잡으며 힘차게 와인드업을 했다.

팍! 한가운데 직구를 던지자 유인구를 예상하고 기다리던 타자는 배트를 내밀어보지도 못했다. 경쾌한 소리와 함께 포수의 미트에 빨려들듯 공이 꽂힌 순간, 조용하던 관중석이 술렁이기 시작했다.

152㎞.

유현식이 100구째로 던진 공의 구속이 전광판에 찍혔다.

"스트라이크아웃!"

흥이라도 난 걸까? 주심이 우렁찬 목소리로 스트라이

크아웃을 선언했다. 또 하나의 스트라이크아웃을 기록한 윤규진이 주먹을 움켜쥐며 포효하는 것을 지켜보던 우진의 곁으로 유현식이 다가왔다.

"감독님!"

"교체는 이미 지시해 뒀어."

"그게 아니라……."

"……?"

"조금 더 던지고 싶습니다."

호투를 넘어 환상적인 역투를 펼치고 있는 윤규진에게서 시선을 떼지 못하고 있던 우진이 그제야 고개를 돌렸다.

"더 던지고 싶다고?"

"네!"

"이미 6이닝을 채웠잖아. 그리고 한계 투구 수도 넘어선 상황이고."

선발투수로 경기에 출전해서 6이닝을 책임진 유현식의 투구 수는 108개였다. 평소 한계 투구 수가 100개 언저리였던 것을 감안하면 지금 시점에 투수를 교체하는 것이 옳았다. 그래서 이미 불펜진을 준비시켜 놓았는데 유현식이 예상치 못한 부탁을 한 셈이었다.

"이러는 이유가 뭐야?"

"그냥… 요."

"그냥?"

"그냥 조금 더 던지고 싶어졌습니다."

유현식은 우진의 시선을 슬그머니 피하며 대답했다. 애써 속마음을 감추고 있었지만 우진은 대충이나마 유현식의 속내를 짐작할 수 있었다.

'자존심이 상했군!'

우진이 희미한 웃음을 머금었다.

유현식과 윤규진은 동년배였다.

유현식은 야구 명문이었던 동신고에 속해 있었고, 윤규진은 그저 그런 팀이었던 춘천고에 속해서 야구를 했다. 전국 대회 8강이 최고 성적이었던 춘천고는 빼어난 유망주인 윤규진이 팀에 가세하면서부터 눈에 띄게 성적이 나아졌고, 윤규진이 졸업반이었던 해에는 전국 대회인 봉황대기 결승까지 진출했었다.

유현식 대 윤규진!

당시 봉황대기 결승전에서는 두 명의 유망주 투수들의 첫 번째 맞대결이 펼쳐졌었다. 그리고 그 맞대결에서 승리를 거둔 것은 유현식이었다.

4 : 1

유현식은 6회까지 산발 4안타 1실점으로 호투한 후 마운드를 내려와서 승리투수가 됐고, 윤규진은 제구 불안을 노출하면서 7회 고비를 넘기지 못하고 3실점하며 패전투수가 되는 수모를 겪었다.

물론 단순 비교는 어려웠다. 야구 명문으로 유명한 동신고에는 유현식을 제외하고도 훌륭한 실력을 갖춘 선수들이 많았다. 유현식이 마운드에서 내려온 후에도 단 한 점도 실점하지 않은 두터운 선수층이 그 증거였다. 반면에 윤규진이 속해 있던 춘천고는 윤규진의 원맨팀이라 불러도 좋을 정도로 선수층이 얇았다. 윤규진이 무너지자 딱히 반전의 계기를 마련하지 못하고 그대로 무너진 것이 그 증거였다.

어쨌든 그 첫 번째 맞대결의 결과로 두 투수의 운명은 극명하게 바뀌었다.

유현식은 신인 드래프트 1차 1순위로 한성 비글스 팀에 지명된 반면, 봉황대기 결승전에서 제구 불안을 노출한 윤규진은 2차 10순위로 대승 원더스 팀에 지명됐다. 그렇지만 사람의 인생이란 알 수 없는 것이었다. 그로부터 불과 몇 년이 지난 후, 유현식과 윤규진의 운명은 또다시 바뀌어 있었다.

"한 이닝만 더 책임져."

우진이 마침내 허락하자 유현식이 상기된 얼굴로 고개를 끄덕였다. 그리고 그사이, 다시 주심의 우렁찬 목소리가 흘러나왔다.

"스트라이크아웃!"

9번 타자 정의지가 삼진으로 물러난 순간, 관중들의 술렁임이 커져갔다.

6이닝 퍼펙트!

퍼펙트게임에 대한 기대로 관중들이 술렁이기 시작한 순간, 유현식이 마운드를 향해 걸어 올라갔다.

유현식이 이를 악물고 공을 뿌렸다.

픽! 포수의 미트에 꽂힌 공이 만들어내는 경쾌한 소리를 들으며 유현식이 고개를 돌렸다.

153㎞. 이미 한계 투구 수를 넘긴 시점이었지만 7회 초 마운드에 올라와서 던진 초구의 구속은 150㎞를 훌쩍 넘겼다.

예상대로 관중들이 술렁이기 시작한 순간, 유현식이 대승 원더스 팀의 더그아웃 쪽으로 시선을 던졌다. 7회에도 마운드에 오르기 위해서 휴식을 취하고 있는 윤규진의 모습이 보였다.

명실공히 대한민국 최고의 에이스 투수.

윤규진은 대승 원더스 팀만의 에이스가 아니었다. WBC나 올림픽, 아시안게임 등에도 국가 대표로 출전해서 대한민국 야구 대표 팀이 좋은 성적을 거두는 발판이 되는 호투를 거듭해서 대한민국 에이스로 발돋움해 있었다.

그래서일까? 오늘 경기의 주인공은 누가 뭐래도 윤규진이었다. 6회까지 안타는 물론이고 사사구 하나 내주지 않고 퍼펙트 행진을 이어나가고 있는 윤규진에게 모든 관중들의 시선이 쏠려 있었다. 관중들만이 아니었다. 메이저리그와 일본 프로야구의 스카우터들의 시선역시 오직 윤규진에게만 집중되어 있었다.

"조연 역할은 내 체질에 안 맞아서 말이지."

불과 몇 년 전만 해도 주연은 유현식의 몫이었다. 그러나 불과 몇 년 사이에 주연 자리를 윤규진에게 빼앗긴 셈이었다. 그리고 그 사실이 유현식의 자존심을 건드렸다.

슈아악! 유현식이 이를 악물고 다시 공을 뿌렸다.

152㎞라는 구속이 전광판에 찍힌 순간, 관중석이 다시 술렁였다. 그 술렁이는 소리를 들으며 유현식이 관중석으로 고개를 돌렸다. 그리고 메이저리그 스카우터들이 모여 있는 곳을 살폈다.

윤규진이 마운드에 오르지 않아서일까? 메이저리그 스카우터들은 실실 웃으며 농담을 던지거나 스마트 폰을 손에서 놓지 않고 있었다. 하지만 아까와는 분명히 달라진 점이 있었다. 두 명의 스카우터가 그라운드로 시선을 던지고 있었다. 아니, 좀 더 정확히 말하면 마운드 위에 서 있는 자신을 흥미로운 눈빛으로 관찰하고 있었다.

'아까 마지막 두 타자를 삼진으로 돌려세운 효과야!'

6회 초, 1사 만루의 위기 상황에 몰렸던 순간, 유현식은 150㎞가 넘는 직구와 낙차 큰 커브를 섞어가며 두 타자를 연거푸 삼진으로 돌려세우며 오롯이 자신의 힘으로 위기에서 벗어났었다. 그리고 그 모습이 두 명의 메이저리그 스카우터의 관심을 불러일으킨 계기가 됐을 터였다.

'어이, 양키들. 두 눈 크게 뜨고 똑똑히 봐둬. 내가 이래 봬도 한때는 윤규진보다 더 대단한 투수였으니까.'

유현식이 다시 힘차게 공을 뿌렸다. 메이저리그 스카우터들이 지켜보는 앞에서 각이 큰 유인구를 던져서 멋들어지게 타자의 헛스윙을 유도해서 삼진으로 돌려세우고 싶었는데.

따악! 경기는 유현식이 마음먹은 대로 풀리지 않았다. 제대로 꺾이지 않고 밋밋하게 들어간 커브는 유인구가 들어오기를 노리고 있던 타자에게 통타당했다.

좌중간 2루타를 허용한 유현식이 마운드로 돌아와 숨을 골랐다. 이건 실투였고 4번 타자인 최원우가 잘 받아쳤을 뿐이었다.

애써 마음을 추스른 유현식이 다음 타자를 상대하기 위해서 집중했다.

152㎞와 153㎞. 5번 타자인 외국인 타자 브랜들리를 맞아서 유현식은 초구와 2구를 모두 직구를 던졌다. 150㎞를 상회하는 힘 있는 직구에 브랜들리는 배트를 내밀 엄두도 내지 못하고 가만히 서서 지켜보기만 했다.

'다음은 유인구!'

직구 두 개로 2스트라이크를 잡아서 유리한 볼카운트를 만든 후, 직구와 구속 차이가 큰 지저분한 유인구를 던져서 헛스윙이나 범타를 유도한다.

가장 익숙한 패턴이면서도 가장 효율적인 패턴이었다. 그래서 유현식은 별 고민 없이 유인구를 던졌다.

130㎞대 중반의 커브는 실투로 이어졌던 조금 전과 달리 제대로 꺾였다. 스트라이크존을 통과하는 듯 보이다가 갑자기 뚝 떨어지는 낙차 큰 커브에 속아서 방망이가 따라 나오던 브랜들리가 도중에 방망이를 멈춰 세웠다.

'삼진!'

유현식이 속으로 외쳤지만 아쉽게도 주심은 이번에도 배트가 돌아가지 않았다는 판정을 내렸다. 아쉬움을 삼킨 채 유현식이 또 하나의 유인구를 뿌렸다. 이번에는 스트라이크존으로 들어오다가 오른쪽 타자의 바깥쪽으로 휘어져 나가는 슬라이더였지만, 브랜들리는 노려보기만 할 뿐 방망이가 따라 나오지는 않았다.

2볼 2스트라이크. 풀카운트로 몰리게 되면 불리해지는 것은 투수였다. 그 전에 타자와의 승부를 끝내는 편이 좋았다.

'결정구!'

유현식이 와인드업을 한 후 회심의 공을 뿌렸다.

슈아악! 직구를 던질 때와 같은 폼으로 던진 공이었지만, 유현식이 던진 결정구는 직구가 아니었다.

130㎞대 초반의 구속이 나오는 체인지업!

150㎞를 훌쩍 넘는 직구를 보여 주었기 때문에 구속이 20㎞ 가까이 차이가 나는 체인지업은 더욱 효과적인 구종이었다. 그런 유현식의 예상대로 브랜들리는 직구를 예상하고 배트를 내밀었다가 타이밍을 빼앗겼다.

완벽하게 타자의 타이밍을 뺏는 데 성공했다. 그래서 무조건 삼진으로 돌려세웠다고 생각했는데.

틱! 배트 끝에 공이 걸리는 소리가 유현식의 귓가로 들려왔다.

"파울!"

심판의 파울 선언을 들으며 유현식이 다시 분루를 삼켰다. 오늘 경기에서 결정구로 아끼면서 사용했던 체인지업은 이번에 제대로 긁혔다. 직구와 20㎞ 가까운 구속 차로 인해 타자의 타이밍을 빼앗을 뿐 아니라 마지막 순간에 오른쪽 타자의 바깥쪽으로 살짝 휘어지는 것이 유현식이 구사하는 체인지업의 특징.

유현식은 체인지업을 던져서 브랜들리의 배팅 타이밍을 빼앗는 데 성공했다. 하지만 불운하게도 방망이 끝부분에 걸려서 파울이 선언되고 말았다.

'하나 더!'

이건 운이 좋았을 뿐이었다. 그리고 원래 운이란 오래 가지 않는 법이었다.

유현식이 브랜들리를 맞아서 5구째로 다시 체인지업을 구사했다. 하지만 이번에는 아까와 달리 제구가 뜻대로 되지 않았다. 스트라이크존을 훌쩍 벗어난 체인지업에 브랜들리는 미동도 하지 않았다.

3볼 2스트라이크. 풀카운트에 몰린 순간, 유현식은 직구를 선택했다. 승부처임을 직감한 유현식은 이번 공에 남은 힘을 모조리 쏟아부었다.

154㎞. 전력을 다한 덕분인지 유현식이 던진 이번 공은 오늘 경기 최고 구속을 기록했다.

따악! 그리고 최고 구속을 기록한 직구를 브랜들리는 마치 기다렸다는 듯이 매섭게 배트를 휘둘러 받아쳤다.

방망이 중심에 걸린 타구가 높은 포물선을 그리며 날아갔다. 우익수인 송일국이 펜스에 부딪히는 것을 두려워하지 않고 열심히 쫓아갔지만 역부족이었다. 잘 맞은 타구는 펜스를 훌쩍 넘겼다.

"파울!"

심판조차도 판정에 어려움을 겪었을 정도로 근소한 차이로 홈런이 아닌 파울이 선언됐다. 심판의 판정을 확인하고 나서야 비로소 안도의 한숨을 내쉰 유현식이 글러브 속에 손을 넣고 빙글 공을 돌렸다.

초조할 때마다 나오는 유현식의 습관.

'뭘 던지지?'

포수는 몸 쪽 직구를 요구했다. 그렇지만 유현식은 고개를 흔들었다. 조금 전에도 몸 쪽 직구를 던지다가 홈런을 맞을 뻔하지 않았던가? 유현식이 분석한 브랜들리는 힘이 좋고 배트 스피드가 빠른 타자였다. 다시 직구를 던지다가 자칫 실투로 이어지면 파울 홈런이 아닌 진짜 홈런을 얻어맞을 것 같은 불안감이 깃들었다.

'유인구!'

직구를 배제하고 나니, 남은 것은 유인구뿐이었다. 바깥쪽 꽉 차는 커브를 선택한 유현식이 힘차게 와인드업을 했다.

슈악! 제구는 나쁘지 않았다. 스트라이크존에서 약 공 반 개 정도 차이로 빠진 커브가 홈플레이트를 통과했다. 하지만 브랜들리는 그 공에 배트를 내밀지도 않았다. 그리고 주심도 스트라이크를 선언하지 않았다.

볼넷! 브랜들리가 유인구에 속지 않으며 상황은 무사 1, 2루로 바뀌었고, 투구 수도 점점 늘어나고 있었다. 그래서 유현식이 답답한 표정을 짓고 있을 때, 감독석을 박차고 일어난 노우진이 마운드를 향해 걸어 나오는 것이 보였다.

'교체?'

당연한 수순이었다. 이미 한계 투구 수를 훌쩍 넘긴 상황이었고, 이번 이닝에도 던지겠다고 욕심을 부렸지만 결국 2루타와 볼넷을 허용하며 위기를 자초했으니까. 그런데 왜일까? 여전히 아쉬움이 남았다.

어느덧 투구 수가 120개 언저리였지만 어깨는 가벼웠다. 그리고 구위도 떨어지지 않았다. 윤규진이 지켜보는 가운데, 이렇게 쓸쓸히 마운드를 내려가고 싶지 않았다. 그래서 공을 글러브 속에 감춘 채 꽉 움켜쥐고 있을 때였다.

"더 던질 수 있어?"

"네?"

"더 던질 수 있냐고?"

당연히 노우진이 손을 내밀어 글러브 속에 감추고 있던 공을 빼앗을 거라 예상했다. 그런데 그 예상은 보기 좋게 빗나갔다.

"던질 수 있습니다."

"그럼 원하는 만큼 던지고 내려와."

투수 교체가 아니라는 사실을 깨닫고 유현식이 안도하고 있을 때였다.

"공은 좋아. 그런데 왜 맞는 줄 알아?"

"……"

"확신이 없어서 그래."

'확신?'

무슨 뜻일까? 노우진의 충고는 두루뭉술했다. 그래서 유현식이 고민에 잠겼을 때, 노우진이 덧붙였다.

"윤규진과 너의 차이가 뭐라고 생각해?"

Chapter 9

봉황기 고교 야구 대회 결승전.

동신고와 춘천고의 대결은 6회까지 0 : 0으로 팽팽하게 진행됐다. 객관적인 전력에서 동신고가 앞선다는 야구 전문가들의 평가가 있었지만 막상 뚜껑을 열어 보니 경기는 팽팽한 투수전으로 흘러갔다.

까앙! 경쾌한 소리와 함께 쭉 뻗어나간 잘 맞은 타구는 좌익수 앞에 뚝 떨어지는 안타로 연결됐다.

비교적 짧은 안타. 2루 주자가 홈으로 들어오기는 조금 짧은 안타라고 생각했지만 득점을 올릴 절호의 찬스라고 판단한 춘천고의 2루 주자는 3루에서 멈추지 않고 거침없이 홈으로 쇄도했다.

좌익수의 송구를 받아서 포수가 태그 한 것과 헤드 퍼스트 슬라이딩을 하며 쭉 뻗은 춘천고 2루 주자의 손이 홈플레이트에 닿은 것은 거의 동시였다. 하지만 주심의 손은 가로로 벌어졌다.

"세이프!"

2사 후, 세 개의 연속 안타를 허용한 유현식이 첫 실점을 기록하며 팽팽하던 승부의 추는 춘천고 쪽으로 기울어졌다. 아쉽고 분한 마음에 이를 악문 채 마운드 위에 서 있을 때, 감독님이 다가왔다.

"왜 자꾸 직구를 던져?"

"……."

"넌 유인구가 좋다고 몇 번이나 말했잖아. 어설프게 직구 승부하지 말고, 유인구 위주로 던지라고. 알았어?"

유현식이 입술을 깨물었다. 직구에 자신이 있었다. 그래서 계속 직구를 고집했는데 단지 결과가 좋지 않았을 뿐이었다. 그렇지만 감독님의 지시를 거스를 수는 없었다. 유현식은 직구 대신 유인구를 연거푸 던져서 다음 타자를 삼진으로 돌려세우고 간신히 6회를 마무리할 수 있었다. 그리고 더그아웃으로 돌아왔을 때, 감독님은 타자들에게 지시했다.

"유인구는 버려. 전부 직구만 노리라고."

춘천고의 에이스이자 춘천고 전력의 절반 이상을 차지하고 있던 윤규진은 7회에 마운드에 올라와서도 직구 위주의 피칭을 선보였다. 그리고 결과론적으로는 당시 감독님의 지시가 통했다.

150㎞대에 육박하던 윤규진의 직구는 여전히 위력적이었지만 힘이 떨어지며 공이 가운데로 몰리기 시작했다.

볼넷 하나와 안타 하나로 2사 1, 2루의 위기 상황에 몰린 윤규진은 고집스러우리만치 직구를 계속 던졌다. 그리고 그 고집이 결국 화를 불렀다.

실투! 한가운데로 몰린 직구는 홈런으로 이어졌다. 그 스리런 홈런 한 방으로 인해서 그날 승부는 결정이 난 셈이었다.

"내가 이겼어!"

홈런을 허용하고 나서 분한 듯 피가 날 정도로 입술을 깨물고 있는 윤규진을 바라보며 유현식은 환한 미소를 머금었다.

하지만 착각에 불과했다. 그 경기의 승자는 유현식이 아니라 윤규진이었다. 그 후로 몇 년이 흐른 지금, 유현식과 윤규진의 확 바뀐 위치가 그날 자신이 이겼다는 판단이 착각이었다는 증거였다.

명실공히 대한민국 야구를 대표하는 에이스이자, 메이저리그 스카우터들의 표적이 되어 있는 최고의 투수 윤규진.

한성 비글스 팀의 에이스 역할을 맡고 있지만 다른 팀에서라면 3선발급으로 분류되는 그저 그런 투수 유현식.

명암은 분명하게 엇갈려 있었다.

'어쩌다가 이렇게 됐을까?'

다시 홀로 남겨진 유현식이 마운드를 발로 고르며 생각에 잠겼다. 그리고 얼마 지나지 않아 그 이유를 알 수 있었다.

직구와 유인구!

윤규진은 프로 무대에 온 후로 직구에 더욱 집중했다. 불같은 강속구의 제구를 가다듬으며 유인구를 하나씩 장착해 나갔다. 그리고 직구가 워낙 위력이 있다 보니 윤규진이 던지는 유인구는 자연스레 효과가 배가됐다. 자신의 공에 대한 확신이 있었기에 윤규진은 타자와의 정면 승부를 피하지 않았고, 그것이 메이저리그 스카우터들에게 호감을 불러일으킨 것이었다.

반면 유현식은 그 경기 후에 유인구를 연마하는 데 많은 시간을 할애했다. 프로 무대에서 통하기 위해서는 더 좋은 유인구를 던져야 한다는 판단을 내렸기 때문이었다. 그리고 유인구 위주의 피칭을 계속하다 보니, 어느덧 타자와의 정면 승부는 피하게 됐다. 직구에 대한 확신이 사라져 버렸기 때문에 자꾸 도망가는 피칭을 하게 된 것이었다.

"직구를 던져!"

마운드에서 내려가기 전, 노우진이 던진 충고를 떠올리며 유현식이 공을 꽉 움켜쥐었다.

동신고 시절의 감독님과 정반대의 충고!

'어느 충고를 따라야 할까?'

유현식이 관중석으로 고개를 돌려 메이저리그 스카우터들을 힐끗 살폈다. 유인구를 남발하기 시작하면서 그나마 그라운드로 시선을 던지고 있었던 두 명의 메이저리그 스카우터의 관심도 멀어져 있었다.

"한번 해보자!"

글러브 속에 들어 있던 공을 빙글 돌린 유현식이 직구 그립을 잡았다. 그리고 더 망설이지 않고 역동적으로 와인드업을 한 후 직구를 뿌렸다.

와락!

151km의 바깥쪽 꽉 찬 직구를 던져서 마지막 타자를 루킹 삼진으로 돌려세운 후, 주먹을 불끈 움켜쥔 채 마

운드에서 걸어 내려오는 유현식을 바라보던 우진이 희미한 웃음을 지었다.

한성 비글스 팀에는 확실한 에이스가 필요했다. 물론 유현식은 그간 꾸준히 한성 비글스 팀의 에이스 역할을 맡고 있었다. 하지만 엄밀히 말하면 진짜 에이스는 아니었다.

에이스 투수란 팀이 필요한 순간 어려운 상황에 등판해서 팀의 연패를 끊어주고, 팀의 연승을 이어 나갈 수 있는 발판을 마련해 주어야 했다. 한성 비글스 팀에는 그 역할을 해줄 수 있는 확실한 에이스가 필요했는데.

유현식은 진짜 에이스가 될 잠재력이 충분했다. 아니, 고작 그 정도가 아니었다. 메이저리그 무대에서도 충분히 통할 수 있는 선수였다. 다만 자신이 가진 엄청난 잠재력을 믿지 못하고, 스스로 한계에 갇혀 버린 케이스였다.

"오늘 우리 팀의 진짜 에이스를 얻은 것 같군."

오늘 경기의 마운드에 오른 유현식은 자신이 규정하고 만들어놓은 무형의 한계를 확인했다. 물론 한계를 확인한 것만으로 해결될 문제는 아니었다. 그 한계를 깨부수고 잠재력을 폭발시키는 데는 시간과 노력이 필요했다. 그리고 그건 이제부터 유현식이 해결해야 할 부분이었다.

"이제 반격을 해야지!"

한성 비글스 팀의 에이스인 유현식은 7이닝 1실점이라는 기대 이상의 투구를 하고 마운드에서 내려왔다. 그리고 그 호투 덕분에 한성 비글스 팀에게는 반격할 수 있는 기회가 주어진 셈이었다.

6회까지 퍼펙트게임을 이어오고 있는 윤규진은 약점을 전혀 찾을 수 없는 최고의 투구를 펼치고 있었다. 그렇지만 우진은 포기하지 않았다.

'강점은 언제든지 약점으로 돌변할 수 있는 법이지!'

대승 원더스와의 경기에서 승리를 거두기 위해서는 점수를 내는 것이 필요했다. 그리고 그것을 위해서는 '대한민국 야구 에이스'라는 별명이 붙어 있는 최고의 투수인 윤규진을 흔들어놓아야 했다.

7회 말, 윤규진이 마운드에 오르자 퍼펙트게임을 기대하고 있는 관중들이 뜨거운 환호성을 내지르기 시작했다. 대기록을 의식한 걸까? 살짝 상기된 얼굴로 마운드에 서 있는 윤규진을 확인한 우진이 선두 타자인 고창성에게 작전을 지시했다.

슈아악! 틱! 우진의 예상대로 윤규진은 스트라이크를 잡기 위해서 초구에 직구를 뿌렸고, 고창성은 우진이 지시한 대로 기습 번트를 시도했다.

데굴데굴. 고창성의 번트 타구가 3루 쪽으로 힘없이

굴러갔다. 기습 번트를 예상치 못했던 3루수와 투수, 포수가 일제히 타구를 향해서 맹렬히 달려들었다. 그리고 타구를 낚아챈 것은 포수였다.

포수 양철진이 타구를 낚아채자마자 1루를 향해 뿌렸다. 하지만 1루수의 글러브에 공이 들어가는 것보다 발이 빠른 고창성이 1루 베이스에 도착하는 것이 조금 더 빨랐다. 1루심이 양팔을 가로로 벌려 세이프를 선언하는 것을 확인한 우진이 속으로 쾌재를 부르며 대승 원더스 팀의 더그아웃을 바라보았다.

박상호의 표정이 일그러져 있는 것을 발견한 우진이 씩 웃었다.

대승 원더스 팀의 첫 번째 약점은 포수였다. 선발투수인 윤규진을 포함해서 대승 원더스 팀은 오늘 경기에 베스트 라인업을 가동했다. 하지만 포수인 양철진만큼은 주전이 아니었다.

최근 들어 주전 포수였던 강만호가 사타구니 부상과 타격 부진으로 인해서 결장이 잦아지면서 자주 경기에 출전하긴 했지만 엄밀히 말하면 양철진은 백업 포수였다. 타격 부진을 겪고 있는 강만호와 비교하면 타격 면에서는 더 좋은 모습을 보여주고 있었지만 수비에서는 아직 한참 모자랐다. 방금 전의 상황이 그 증거였다.

고창성의 기습 번트 타구는 3루수가 처리하는 것이

맞았다. 그렇지만 의욕이 넘친 양철진이 벌떡 일어나서 타구를 맹렬히 쫓는 바람에 3루수가 당황했다. 그리고 3루수와 포수인 양철진의 동선이 겹치며 잠시 머뭇거린 그 찰나의 시간으로 인해서 고창성이 1루에서 세이프가 될 수 있었던 것이었다.

과정이야 어찌됐든 결과는 내야 안타였다.

"하아!"

"너무 아쉽다!"

"치사하게 번트를 대다니!"

이번 내야 안타로 인해서 윤규진의 퍼펙트게임이라는 대기록이 물거품으로 변하자 관중석에서 안타까운 탄식이 흘러나왔다. 애써 침착한 표정을 유지하기 위해서 애쓰고 있었지만 윤규진의 표정에도 허탈함이 묻어나고 있었다.

"기다려!"

다음 타석에 들어서려는 장기형에게 우진이 지시했다. 그리고 그 지시는 효과가 있었다.

퍼펙트게임이라는 대기록이 허무하게 깨진 탓일까? 절대 흔들리지 않을 것 같던 윤규진의 제구가 흔들리기 시작했다.

3볼 1스트라이크에서 윤규진이 던진 공은 스트라이크존을 살짝 벗어났다. 장기형이 볼넷으로 걸어 나가며 무사 1, 2루가 된 순간, 우진의 껌 씹는 속도가 빨라졌다.

대승 원더스 팀의 두 번째 약점은 윤규진이었다. 아니, 좀 더 정확히 말하면 윤규진이 이어나가고 있던 퍼펙트게임이라는 대기록이었다.

윤규진은 위기 상황에 처해도 어지간해서는 흔들리지 않는 강한 멘탈을 보유했다고 알려져 있었다. 그렇지만 윤규진도 감정을 가진 사람이었다.

출범한 지 30년이 훌쩍 넘은 한국 프로야구 역사상 단 한 번도 나오지 않았던 대기록인 퍼펙트게임이 물거품이 된 순간, 사람인 이상 흔들리지 않을 수 없었다.

3번 타자인 채승범이 타석에 들어선 순간, 우진이 고민에 휩싸였다. 현재 상황은 1루와 2루 주자를 한 베이스씩 진루시키기 위해서 보내기 번트를 지시해야 하는 것이 맞았다. 그렇지만 보내기 번트를 지시하지 못하고 망설인 이유는 대기록이 깨진 후 윤규진이 흔들리고 있기 때문이었다.

"괜찮아, 괜찮아!"

관중석에서는 윤규진을 격려하기 위함인 듯한 목소리로 '괜찮아!'를 외치고 있었지만, 우진이 보기에 윤규진은 전혀 괜찮지 않았다.

'하나만 기다려 볼까?'

우진이 고심 끝에 웨이팅 사인을 냈다.

"스트라이크!"

윤규진이 던진 몸 쪽 꽉 찬 직구가 포수의 미트에 꽂힌 순간, 주심이 스트라이크를 선언했다. 마치 언제 제구가 흔들렸냐고 항변하듯 완벽하게 제구된 채 들어온 직구를 확인한 우진이 혀를 내둘렀다.

윤규진은 우진이 예상했던 것보다 훨씬 빨리 안정을 되찾았다. 그리고 우진이 채승범에게 지시했던 웨이팅 작전은 독이 되어 돌아왔다.

틱! 채승범이 2구째에 번트를 시도했지만 빗맞은 파울이 됐다.

"스리번트!"

우진이 과감하게 작전을 지시했지만, 결과는 좋지 않았다. 채승범이 필사적으로 갖다 맞춘 번트 타구는 1루 측 파울 라인을 살짝 벗어났다. 아무런 소득도 없이 허무하게 아웃 카운트 하나를 허공에 날려 버린 우진이 자책했다.

이건 보내기 번트에 실패한 채승범을 탓할 것이 아니었다. 윤규진이 계속 흔들릴지도 모른다는 막연한 기대 때문에 웨이팅 작전을 지시했던 자신의 실수였다. 다행인 점은 아직 찬스가 이어지고 있어서 방금 전의 실수를 만회할 기회가 남아 있다는 점이었다.

최근 들어서 타격감이 절정인 4번 타자 백병우가 타석에 들어섰음에도 불구하고 윤규진은 전혀 위축되는 기색이 아니었다.

"스트라이크!"

초구부터 한복판 직구를 던지며 정면 승부를 피하지 않았다. 그런 윤규진의 승부욕이 백병우의 승부욕에도 불을 질렀다.

따악! 2구째로 바깥쪽 높은 직구가 들어오자, 백병우도 지체하지 않고 배트를 휘둘렀다. 하지만 백병우의 배트 스피드가 155㎞에 육박하는 직구의 구속을 따라가지 못한 탓에 타구가 먹혔다.

백병우의 타구는 높이 솟구치긴 했지만 멀리 뻗지는 못했다. 우익수가 원래 위치에서 두세 걸음 정도 뒤로 물러나며 가볍게 공을 캐치했다. 그렇지만 우진은 실망하지 않았다. 아직 끝이 아니었기 때문이었다.

타다다닷! 우익수가 공을 캐치한 순간, 주로 대주자로 나섰을 정도로 발이 빠른 고창성이 3루를 향해 뛰기 시작했다. 어깨가 좋아서 리그 최다 보살 기록을 갖고 있는 대승 원더스의 우익수인 채태수가 지체하지 않고 3루로 공을 뿌렸다. 그 순간, 기회를 엿보고 있던 1루 주자 장기형도 2루를 향해 달리기 시작했다. 고창성을 3루에서 아웃시키기 어렵다고 판단한 3루수 조성윤이 공을 잡자마자 이번에는 2루로 뿌렸다.

아슬아슬한 타이밍! 그렇지만 태그가 되는 것보다 슬라이딩을 한 장기형의 발이 베이스에 닿는 것이 빨랐다고 판단한 심판이 세이프를 선언했다. 판정에 불만을 품은 유격수 김상순이 심판에게 항의하려는 순간, 고창성이 기습적으로 홈으로 파고들었다. 깜짝 놀란 김상순이 홈으로 공을 던졌지만 너무 서두른 탓에 방향이 살짝 빗나갔다. 포수 양철진이 공을 잡아서 태그를 하려고 시도했을 때, 고창성의 손은 이미 홈플레이트를 터치한 후였다.

1 : 1

마침내 윤규진의 호투에 눌려 줄곧 끌려가던 경기의 균형추가 맞춰졌다.

상대는 리그 최강 팀인 대승 원더스. 게다가 대승 원더스를 이끌고 있는 감독은 질긴 악연으로 얽힌 박상호였다. 그래서 오늘 경기를 어떻게든 이기고 싶었던 우진은 대승 원더스와의 일전을 앞두고 눈이 아플 정도로 대승 원더스의 경기를 분석했다.

리그 1위와 리그 10위!

현재 성적이 말해주듯 객관적인 전력에서 압도적인 우위를 점하고 있는 대승 원더스의 약점을 찾기는 어려웠다. 그렇지만 우진은 기어이 대승 원더스 팀이 가지고 있는 한 가지 불안 요소를 찾아내는 데 성공했다. 바로 공격형 포수인 양철진이었다.

윤규진과 유현식의 선발 맞대결이 펼쳐지는 만큼, 이번 대결이 1점 차 승부가 될 거라 판단했다. 그리고 1점 차 승부에서 가장 중요한 것은 수비였다. 포수 양철진을 약점이라고 표현하기는 어려웠지만 불안 요소인 것은 틀림없었다. 그리고 우진은 대승 원더스 팀의 불안 요소를 공략하기 위해서 과감하게 고창성을 1번 타순에 기용했고 이 계산은 정확히 맞아떨어졌다.

수비 능력이 떨어지는 양철진은 고창성의 기습 번트에 제대로 대처하지 못했고, 그 덕분에 무사 1, 2루의 찬스를 맞을 수 있었던 것이었다. 그렇지만 윤규진이라는 벽은 높았다.

윤규진을 상대로 찬스를 만드는 데는 성공했지만 적시타를 뽑아내는 것은 확률상 무척 희박했다. 운이나 다름없는 매우 낮은 확률에 기대는 것은 무모한 행동이었다. 그래서 우진이 고심 끝에 찾아낸 해법은 대승 원더스의 약점을 찾는 것이 아니었다. 오히려 현재 한성 비글스 팀만이 가진 장점을 이용하는 것이었다.

발 야구!

코치진들의 반대를 무릅쓰고 주로 대주자로 출전했

던 고창성을 1번 타자로 기용했고, 발이 빠른 데다가 공격적인 주루 플레이를 펼치는 장기형을 2번 타자로 기용한 것은 빠른 발을 이용한 주루 플레이로 수비를 흔들어서 득점을 올리기 위해서였다. 그리고 우진이 갖고 나온 해법은 정확히 적중했다.

백병우의 평범한 우익수 플라이 때, 고창성과 장기형이 빠른 발을 이용해서 과감한 주루 플레이를 펼쳐서 대승 원더스의 수비진을 뒤흔들었고, 덕분에 적시타 없이도 득점을 올릴 수 있었다.

1 : 1

마침내 경기의 균형추를 맞추는 데 성공했지만 여기서 만족할 수는 없었다. 2사 2루의 찬스는 계속 이어지고 있었고, 유인구에 의존하지 않고 정면 승부를 펼쳐온 윤규진의 투구 수는 7회임에도 불구하고 채 80개가 되지 않았다. 투구 수와 떨어지지 않은 구위라면 완투도 가능했다. 윤규진의 구위를 감안한다면 이번 찬스를 무조건 살려서 역전을 만들어내야 했다.

2사 2루 상황에서 타석에 들어설 5번 타자는 강우규였다. 그렇지만 강우규는 유인구에는 강한 편이었지만 직구에는 약점을 노출하고 있었다. 이전 두 타석에서 강우규의 배트 스피드는 윤규진의 강속구에 전혀 따라가지 못했다.

"대타를 기용합니다!"

우진이 승부수를 던졌다.

"누구를 대타로 기용합니까?"

타격 코치의 질문을 들은 우진이 망설이지 않고 대답했다.

"장태준입니다."

대승 원더스가 압승을 거둘 것이라는 예상과 달리 경기는 손에 땀을 쥐게 만들 정도로 박빙이었다.

팽팽한 투수전이 이어지는 가운데 상대 팀의 허점을 예리하게 파고들어서 득점을 주고받는 경기는 분명히 흥미로웠다. 그렇지만 장태준에게는 지루하기만 했다.

수많은 관중들이 지켜보는 가운데 그라운드 위에서 경기를 하는 데 익숙해질 대로 익숙해진 장태준이었던 만큼, 더그아웃에 걸터앉아서 마치 관중처럼 바깥에서 지켜보는 경기가 흥미로울 리 없었다. 그래서 장태준의 시선은 치열한 대결이 펼쳐지고 있는 그라운드로 향해 있었지만, 머리로는 다른 생각을 하고 있었다.

"그때는 내가 생각해도 대단했었는데."

99kg. 3할 2푼대의 타율에 25개의 홈런을 기록하며 프로 선수로서 전성기라고 할 수 있었던 3년 전에 시즌을 치르던 당시 장태준의 몸무게였다. 그리고 지금은 99kg의

날씬한(?) 몸매를 유지했던 예전 모습은 상상하기 힘들었다.

그로부터 약 3년의 시간이 흐른 지금, 장태준의 몸무게는 121㎏으로 늘어나 있었다. 무려 20㎏이 넘게 몸무게가 많이 불었지만 그럼에도 딱히 걱정하지는 않았다. 장타력을 높이기 위해서는 파워를 갖춰야 했고, 체중이 불어나야 더 큰 파워도 갖출 수 있다고 여겼기 때문이었다. 실제로 메이저리그 무대를 호령하는 거포들 가운데는 제대로 베이스러닝을 하지 못할 정도로 뚱뚱한 선수들이 많았다. 그렇지만 당시의 생각이 틀렸다는 것을 장태준도 이제 솔직히 인정할 수밖에 없었다.

체중이 20㎏이 넘게 불어났지만 장타력은 오히려 줄었다. 아니, 장타력만이 아니었다. 홈런 개수, 타율, 안타수 등등. 거의 모든 타격 부문의 지표가 날씬하던 3년 전과 비교해서 현저히 떨어졌다.

"대체 뭐가 문제지?"

장태준이 자신의 문제에 대해서 심각하게 여기기 시작한 첫 번째 계기는 노우진이 신임 감독으로 부임한 것이었다. 그리고 2군을 전전하던 백병우가 터줏대감이나 다름없었던 자신을 밀어내고 4번 타자 자리는 물론이고, 1루수 수비 위치까지 빼앗아 간 것이 두 번째 계기였다. 마지막으로 가장 결정적인 계기는 자신을 둘러

싼 트레이드설이었다.

한성 비글스의 간판타자 장태준, 트레이드 시장에 나오나?

트레이드설은 장태준에게 위기감을 심어주기에 충분
했다. 물론 실제로 트레이드가 이뤄지지 않았기에 장태
준은 한성 비글스 팀을 떠나지 않았다. 그렇지만 트레이
드 시장에 자신의 이름이 오르락내리락했다는 것만으
로도 위기감이 느껴지는 것은 어쩔 수 없었다. 그리고
문제점을 파악하는 것은 그리 어렵지 않았다. 전성기
시절과 비교해서 달라진 점을 찾으면 됐으니까.
"가장 큰 문제는 배트 스피드가 떨어진 거야."
홈런 개수와 타율, 안타 수가 떨어진 이유는 여러 가
지가 있었지만 가장 큰 이유는 역시 배트 스피드였다.
배트 스피드가 현저하게 떨어진 탓에 예전이었다면 홈
런이나 안타로 이어졌을 타구가 외야 플라이나 파울로
연결됐다.
가장 좋은 해법은 체중을 20㎏ 정도 감량하면서 웨
이트트레이닝을 통해서 근육 양을 늘리는 것이었다. 그
러나 그건 단시간에 가능한 것이 아니었다. 굴러들어
온 돌이나 마찬가지인 백병우와의 주전 경쟁에서 이기
기 위해서는 당장 뭔가를 보여줘야 했고 그래서 장태준

이 나름 고심 끝에 찾아낸 해법은 타석의 위치를 바꾸는 것이었다.

지금 배트 스피드로는 직구를 노려서 좋은 타구를 만드는 것이 무리라고 판단했기에 장태준은 직구를 버렸다. 대신 평소보다 한 발 정도 앞쪽에 서서 변화구를 집중적으로 노린다는 노림수는 적중했다. 승부를 결정짓는 안타를 때려냈고, 영양가 넘치는 투런홈런도 기록한 것이 그 증거였다. 하지만 딱 거기까지였다. 여울 데블스와의 3연전 첫 경기에서 홈런을 기록했지만 다음 경기에서부터 장태준은 라인업에서 제외됐고 그 후로쭉 경기에 출전하지 못하고 있었다. 그로 인해 장태준은 머리 꼭대기까지 화가 치밀고 있었다.

지독한 타격 슬럼프에서 간신히 벗어나서 조금씩이나마 타격감을 회복하고 있는 상황이었다. 그런데 갑자기 라인업에서 제외라니. 선발 라인업에서 빠진 후, 대타로 세 번 경기에 나서긴 했지만 삼진과 범타들로 물러났다. 그리고 그 원인은 상승세에 있던 타격감이 경기에 나서지 못하면서 떨어졌기 때문이었다.

"전생에 원수 사이였나? 대체 나한테 무슨 억하심정이 있는 거야? 진짜 돌겠군!"

신임 감독인 노우진과는 이상하리만치 악연이었다. 어떻게 표현하면 될까? 코드가 전혀 맞지 않는 극상성이랄까.

인간이란 적응의 동물이었다. 장태준은 어느덧 경기가 펼쳐지는 그라운드에 서 있는 것보다 더그아웃에 앉아 있는 것이 더 익숙해지기 시작했다. 느긋하게 팔짱을 낀 채로 더그아웃에 걸터앉아서 노우진을 노려보고 있던 장태준의 시선이 마침 고개를 돌린 노우진과 마주쳤다.

"태준아, 우규 대신 네가 대타로 나간다."

"대타요?"

"그래, 준비해!"

타격 코치에게서 대타 기용 통보를 들은 장태준이 주섬주섬 몸을 일으켰다. 그렇지 않아도 더그아웃에 앉아서 경기를 보고만 있자니 몸이 근질거리던 참이었다. 게다가 2사 2루. 안타 하나면 역전할 수 있는 절호의 찬스 상황에서 대타로 나선다는 것이 장태준의 흥을 불러일으켰다.

붕! 붕! 대기 타석에서 배트를 휘두르며 타격감을 조율하는 사이, 노우진이 곁으로 다가왔다. 불편한 마음에 장태준이 시선을 다른 곳으로 돌리려 했을 때, 노우진이 말했다.

"윤규진은 직구 승부를 할 거야."

"알고 있습니다. 제가 빠른 공은 잘 칩니다."

"정말이야?"

갑자기 되물은 탓에 장태준의 말문이 순간 막혔다. 그리고 그 틈을 놓치지 않고 노우진이 말을 이어나갔다.

"최근 경기에서 안타나 홈런을 친 공의 구질은 다 변화구던데."

"그건……."

"빠른 공에는 배트 스피드가 따라가지 못하기 때문이지."

장태준이 두 눈을 치켜떴다. 자신의 약점을 노우진에게 들킨 것이 당혹스러웠기 때문이 아니었다. 예전 경기 장면을 수십 번이나 돌려보고 나서야 간신히 찾은 부진의 이유를 노우진이 이미 꿰뚫고 있었다는 사실에 놀랐기 때문이었다.

"왜 놀라? 하긴 이해가 안 갈 수도 있겠군."

"……?"

"배트 스피드가 떨어져서 강속구에 제대로 대처하지 못하는 선수를 윤규진을 상대하기 위해서 대타로 기용하는 것이 의아하지 않아?"

찬스 상황에서 대타로 나선다는 것에 들떠서 미처 거기까지는 생각지 못했는데. 노우진의 얘기를 듣고 보니 확실히 의아한 면이 있었다.

"왜입니까?"

"네가 한성 비글스 팀의 간판타자였으니까."

노우진에게서 한성 비글스 팀의 간판타자로 인정을 받은 것은 이번이 처음이었다. 그래서 잠시 기분이 들떴지만 이내 바닥으로 추락했다. '간판타자이니까'가 아니라, '간판타자였으니까'라는 노우진의 표현이 장태준의 기분을 상하게 만든 이유였다.

"왜? 한성 비글스의 간판타자는 더 이상 네 자리가 아니라는 걸 아직도 인정하기 어려운가 보지?"

장태준이 노우진을 매섭게 노려보다가 물었다.

"어디 들어나봅시다. 간판타자도 아니고 간판타자였던, 배트 스피드가 떨어져서 강속구에 따라가지도 못하는 날 대타로 쓰는 이유가 대체 뭡니까?"

"어쨌든 간판타자였으니까."

"썩어도 준치다?"

"다시 떠올리게 해줘. 비록 지금은 후보로 전락했지만 한때는 한성 비글스 팀의 간판타자였던 너의 존재를."

"누구한테 다시 떠올리게 하란 말입니까?"

"윤규진에게, 그리고… 감독인 나에게."

"……."

"배트를 짧게 쥐어. 그럼 좀 나을 테니까."

"그건……."

"또 왜? 한때 한성 비글스 팀의 간판타자였던 자존심이 그건 허락지 않아? 타석 가장 앞쪽에 서는 것보다는 배트를 짧게 쥐고 치는 게 자존심을 덜 상하게 만들 것 같은데. 아무 도움도 되지 않는 자존심은 버려. 자존심은 네가 세우는 것이 아니라 다른 사람들이 세워주는 것이라는 걸 명심해."

노우진은 그 충고를 끝으로 신형을 돌려 감독석으로 돌아갔다. 어서 타석에 들어서라는 주심의 재촉을 받으며 타석으로 걸어간 장태준이 한숨을 내쉬었다.

콱! 콱! 장태준이 발로 타석을 고르며 윤규진을 노려보았다. 장태준은 이전과 달리 타석의 앞쪽이 아니라 타석의 맨 뒤쪽, 포수와 가장 가까운 곳에서 타격을 준비했다.

'웃기지 말라 그래!'

노우진의 충고를 무시한 장태준은 배트를 짧게 쥐는 대신 평소처럼 배트를 길게 잡은 채 타격하기 위해서 웅크렸다.

어이없는 실책성 수비가 잇따르며 퍼펙트게임이란 대기록이 깨진 것은 물론이고 실점까지 허용한 것이 분한 탓일까? 힘차게 와인드업을 한 윤규진은 전력으로 투구했다.

슈아악! 말 그대로 불같은 강속구가 스트라이크존을

통과하는 순간, 장태준도 이를 악물고 힘껏 배트를 휘둘렀다.

펙! 부우웅! 윤규진이 초구부터 직구 승부를 해올 것이라고 노우진은 미리 충고했었다. 그리고 그 충고가 아니더라도 더그아웃에서 윤규진의 투구를 지켜보았던 장태준은 윤규진이 직구 승부를 할 것임을 예상하고 있었다.

코너워크도 없었다. 어디 칠 테면 쳐보라는 듯이 한가운데로 들어오는 강속구는 분명히 실투성 공이었다. 그래서 있는 힘껏 배트를 휘둘렀지만 배트는 애꿎은 허공만 갈랐다.

"스트… 라이크!"

황당한 표정을 지으며 주심이 스트라이크 선언을 하는 것을 듣던 장태준의 얼굴이 붉게 달아올랐다.

'대체 무슨 짓을 한 거야?'

방금 전 자신의 스윙이 얼마나 형편없었는지는 타석에 직접 들어서 있던 장태준이 가장 잘 알았다.

'분명히 타이밍을 맞춰서 스윙 했는데.'

장태준의 배트가 미처 돌아가기도 전에, 포수의 미트에 윤규진이 던진 공이 꽂히는 소리가 울려 퍼졌다. 그리고 포수의 미트에 공이 들어가고 난 후에 장태준의 배트는 텅 빈 허공을 갈랐다. 심판이 황당한 표정을 지은 채 바로 스트라이크 선언을 하지 못한 이유는 헛스윙인지 확신하지 못했기 때문이었으리라.

'이게 무슨 망신이야!'

고개를 절레절레 흔들며 타석에서 물러난 장태준이 한숨을 내쉬었다. 오늘 경기는 스포츠 전문 케이블 채널인 TBS plus를 통해서 중계되고 있었다. 현역 시절 2할대 초반의 한심한 평균 타율을 기록했지만 은퇴한 후에는 구수한 입담 덕분에 인기 야구 해설가로 활동하고 있는 이병운이 이번 스윙을 보고 그냥 넘어갈 리 없었다.

[이야, 이거 프로야구에서 쉽게 볼 수 없는 스윙이 방금 나왔네요. 야구 팬 분들도 보셨죠? 아, 마침 지금 슬로우 화면이 나오네요. 자, 여러분. 잘 보세요. 윤규진 투수가 던진 패스트볼이 포수의 미트에 들어간 후에 타자인 장태준 선수가 방망이를 휘둘렀어요. 혹시 공이 들어가고 나서 그냥 체크 스윙을 한 것이 아니냐고 착각하시는 분들도 계시겠네요. 아마 오늘 경기 주심을 맡고 계신 황순팔 심판도 여러분들과 비슷한 생각을 해서 바로 스트라이크 선언을 못 한 것 같은데, 절대로 체크 스윙이 아닙니다. 장태준 선수의 스윙 궤적을 보세요. 투수가 와인드업을 한 순간, 어깨가 열리면서 스윙을 시작했어요. 이건 두 가지 가능성이 있어요. 첫 번째

가능성은 자신감이 떨어져서 스윙을 자신 있게 못 한
것이고, 두 번째 가능성은 배트 스피드가 느려서 강속
구를 아예 따라가지 못한 거죠. 둘 중 어느 쪽이든 프
로야구 무대에서는 쉽게 보기 힘든 장면입니다. 이건 고
교 야구, 아니, 요새는 고교 야구에서도 저런 어이없는
스윙은 보기 힘들어요. 아주 수준이 떨어지는 고교 야
구 팀 타자들에게서나 볼 수 있는 스윙이에요.]

　　이병운이 이 좋은 먹잇감을 그냥 놓칠 리가 없었다.
마치 입에 모터를 단 것처럼 신이 나서 속사포처럼 떠
들어댈 것이 틀림없었다.
　　'흥, 신나게 떠들라지.'
　　애써 무시하려고 했던 장태준의 표정이 이내 굳어졌
다. 요즘은 인터넷이 발달한 세상이었다. 야구 마니아들
이 이 희귀하면서도 우스꽝스러운 장면을 그냥 흘려보
낼 리 없었다. 분명 방금 전 자신의 어이없는 스윙 장면
이 담긴 동영상을 만들어서 퍼뜨릴 것이었다. 컴퓨터 앞
에 앉아서, 스마트폰 화면을 통해 이 스윙 장면을 보고
서 키득거릴 것을 떠올리니 등골이 서늘하게 변했다.
　　"야, 그것도 스윙이냐?"
　　"연봉을 4억씩이나 받는 놈의 스윙이 그게 뭐냐?"
　　"내가 해도 저것보단 낫겠다!"

"우우우!"

얼마 되지 않는 한성 비글스 팀의 팬들이 쏟아내는 비난과 야유 소리를 듣던 장태준은 비로소 사태의 심각성을 깨달았다.

'이대로 삼진을 당하면 온갖 비난이 쏟아지겠군!'

정신이 번쩍 든 장태준이 다시 타석에 들어섰다. 지금은 자존심을 세울 때가 아니었다. 이대로라면 아까와 비슷한 어이없는 스윙이 또 나올 것이 자명했다. 그래서 장태준은 배트를 짧게 고쳐 쥐었다.

배트를 짧게 쥔 것은 데뷔 이후 처음이었다. 그래서 어색했지만 지금은 이것저것 따질 때가 아니었다.

'또 직구 승부를 할 거야!'

장태준의 예상은 적중했다. 방금 전, 장태준의 어이없는 스윙을 확인한 포수는 직구를 주문했고 윤규진은 고민하지 않고 고개를 끄덕인 후 공을 뿌렸다.

'반 박자 빠르게!'

슈아악! 윤규진의 손에서 공이 떠난 순간, 장태준이 왼쪽 다리를 살짝 들어 올렸다. 안타나 홈런을 치는 것이 목표가 아니었다. 최소한 아까처럼 어이없는 스윙만은 절대 안 된다는 생각이 머리를 지배하고 있던 터라 무조건 반 박자 타이밍을 일찍 잡았다.

따악!

배트를 움켜쥔 손바닥에 묵직한 느낌이 전해졌다.

'뭐야?'

헛스윙을 하더라도 스윙 타이밍만 맞추자는 생각으로 무조건 휘둘렀는데 배트에 공이 맞았다. 그리고 손에 전해지는 묵직한 느낌으로 봐서 그냥 맞은 것이 아니었다. 놀란 표정으로 타구의 궤적을 쫓던 장태준이 배트를 버리고 1루를 향해 뛰기 시작했다. 2루수의 키를 살짝 넘긴 타구는 외야로 빠져나가며 안타가 됐다.

이건 실력이 아니라 운이었다. 그렇지만 확실한 것은 이 안타가 적시타라는 것이었다. 팽팽하던 승부의 추를 기울게 만드는 적시타를 때려내고 1루 베이스에 도착한 장태준이 주먹을 불끈 쥔 채 힘차게 팔을 들어 올렸다.

"건방진 놈!"

강렬한 시선을 던지고 있는 노우진을 확인한 박상호가 미간을 슬쩍 찌푸렸다.

"보여 드리죠. 당신과는 다른 방식으로도 이길 수 있다는 것을."

경기 시작 전에 만났을 때, 노우진이 했던 선전포고가 떠올랐다. 그 선전포고를 듣는 순간, 박상호는 노우진이 전혀 변하지 않았다는 사실을 깨달았다. 호전적인 시선을 던지는 노우진은 여전히 건방지기 짝이 없었다. 기분이 상했다. 그래서 하마터면 예전에 일부러 더 혹사를 시켰다고 솔직히 털어놓을 뻔했다.

"확실히 사람을 도발시키는 재주가 있는 놈이란 말이야."

한성 비글스 팀의 감독과 선수로 만났던 시절에도 노우진은 고분고분 말을 듣는 편이 아니었다.

물론 일부러 노우진을 그 경기에 등판시켰던 것은 아니었다. 그 경기를 이기는 데 꼭 필요하다고 판단했기 때문에 내린 결정이었다. 그렇지만 노우진의 팔꿈치가 정상이 아니라는 사실을 알고 있었기 때문에 조금 일찍 강판시켜 줄 수는 있었는데.

박상호는 일부러 그렇게 하지 않았고, 노우진은 부상이 재발하며 결국 선수 생활을 마감했었다.

"두 번 다시 야구계에서 만날 일이 없다고 여겼는데."

노우진은 한성 비글스 팀의 감독이 되어서 야구계로 돌아왔다.

감독 대 선수가 아닌 감독 대 감독.

"감히 날 이기겠다고?"

감독으로서 아주 재능이 없는 것은 아니었다. 대승 원더스의 감독인 자신조차 미처 깨닫지 못하고 있었던

약점을 간파하고 매섭게 파고들어 뒤지고 있던 경기를
역전으로 이끌어낸 것이 그 증거였다. 그러나 여기까지
가 한계였다.

"게임볼이라고 했었나?"

박상호가 감독석에서 일어났다.

이제부터 게임이 아닌 진짜 그라운드에서 경험을 쌓
은 진짜 감독의 무서움을 보여줄 때였다.

『게임볼』 4권에 계속…

초대형 24시 만화방

신간 100%, 샤워실, 흡연실, 수면실(침대석), 커플석, 세탁기 완비

■ 시흥 정왕25시점 ■

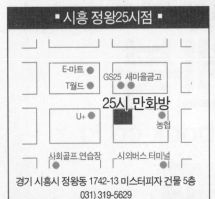

경기 시흥시 정왕동 1742-13 미스터피자 건물 5층
031) 319-5629

■ 강북 노원역점 ■

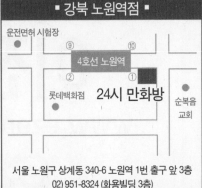

서울 노원구 상계동 340-6 노원역 1번 출구 앞 3층
02) 951-8324 (화용빌딩 3층)

■ 일산 정발산역점 ■

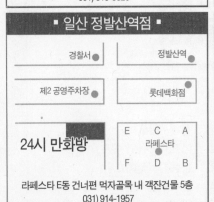

라페스타 E동 건너편 먹자골목 내 객잔건물 5층
031) 914-1957

■ 일산 화정역점 ■

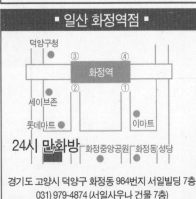

경기도 고양시 덕양구 화정동 984번지 서일빌딩 7층
031) 979-4874 (서일사우나 건물 7층)

■ 부천 역곡역점 ■

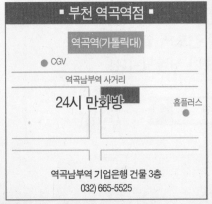

역곡남부역 기업은행 건물 3층
032) 665-5525

■ 부평역점 ■

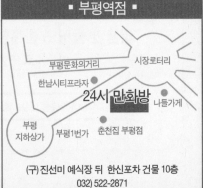

(구) 진선미 예식장 뒤 한신포차 건물 10층
032) 522-2871

투신 강태산

박선우 장편소설

FUSION FANTASTIC STORY

무림을 휩쓸던 '야차(夜叉)'가 돌아왔다.

『투신 강태산』

여행사 다니는 따뜻한 하숙생 오빠이자
국가위기 특수대응팀 '청룡'의 수장.
그리고 종합격투기계를 휩쓸어 버린 절대강자.
전 세계를 무대로 펼쳐지는 투신 강태산의 현대 종횡기!!

"나는, 나와 대한민국의 적을, 철저하게 부숴 버릴 것이다."

서러웠던 대한민국은 잊어라!
국민을 사랑하는 대통령과 절대강자 투신이 만들어 나가는
새로운 대한민국이 펼쳐진다!!

이계진입
리로디드

임경배 퓨전 판타지 소설

FUSION FANTASTIC STORY

FUSION FANTASTIC STORY

텀블러 장편소설

현대 천마록

천하를 호령하고, 전 무림을 통합한
일월신교의 교주 천하랑.
사람들은 그를 천마, 혹은 혈마대제라고 불렀다.

『현대 천마록』

무공의 끝은 불로불사가 되는 것이라 생각했지만
그로서도 자연의 섭리 앞에선 어쩔 수 없었다!

'그렇게 많은 피를 흘렸음에도 불구하고
죽을 때가 되니 남는 것이 없군그래.'

거듭된 고련 끝에 천하랑의 영혼이
존재하지 않게 된 그 순간
그의 영혼은 현세에서 천마로서 눈을 뜬다!

Book Publishing CHUNGEORAM

이모탈 퓨전 판타지 소설
FUSION FANTASTIC STORY

용병들의 대지

Road of Mercenaries

이 세계엔 3개의 성역이 존재한다.
기사들의 성역, 에퀘스.
마법사들의 성역, 바벨의 탑.
그리고… 그들의 끝임없는 견제 속에 탄생하지 못한

『용병들의 대지』

전쟁터의 가장 밑을 뒹굴던 하급 용병 아론은
이차원의 자신을 살해하고 최강을 노릴 힘을 가지게 된다.

그의 앞으로 찾아온 새로운 인생!
아론은 전설로만 전해지던
용병들의 대지를 실현시킬 수 있을 것인가!

Book Publishing CHUNGEORAM

유행이아닌 자유추구
WWW.chungeoram.com

FUSION FANTASTIC STORY

텀블러 장편소설

현대 천마록

천하를 호령하고, 전 무림을 통합한
일월신교의 교주 천하랑.
사람들은 그를 천마, 혹은 혈마대제라고 불렀다.

『현대 천마록』

무공의 끝은 불로불사가 되는 것이라 생각했지만
그로서도 자연의 섭리 앞에선 어쩔 수 없었다!

'그렇게 많은 피를 흘렸음에도 불구하고
죽을 때가 되니 남는 것이 없군그래.'

거듭된 고련 끝에 천하랑의 영혼이
존재하지 않게 된 그 순간
그의 영혼은 현세에서 천마로서 눈을 뜬다!

Book Publishing CHUNGEORAM

유행이 아닌 자유추구 -
WWW.chungeoram.com

FUSION FANTASTIC STORY

가프 장편소설

시크릿 메즈

SECRET
MEZ

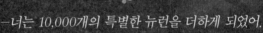

－너는 10,000개의 특별한 뉴런을 더하게 되었어.
매직 뉴런, 불멸의 뉴런이지.

실험실 알바를 통해 만난 '6번 뇌'.
우연한 만남은 이강토를 신비의 세계로 이끈다.

『 시크릿 메즈 』

매직 뉴런을 탑재한 이강토의
정재계를 아우르는 좌충우돌 정의구현!
긴장하라, 당신이 누구든 운명은 이미 그의 손안에 있으니!

"무슨 꿍꿍이가 있는지, 어디 한번 봐볼까?"

Book Publishing CHUNGEORAM

유행이 아닌 자유추구 -
WWW.chungeoram.com